HERDER / SPEKTRUM *MEISTERDENKER*

HERDER / SPEKTRUM
Band 4879

Das Buch

Der Physiker Stephen W. Hawking, Nachfolger auf Newtons berühmtem Lehrstuhl in Cambridge, gilt als Meisterdenker der modernen Kosmologie. Sein populärer Weltbestseller *Eine kurze Geschichte der Zeit* führte im Medienzeitalter mit Videos, Multimedia und Internet zu einer vorher nie erreichten Verbreitung physikalischer und kosmologischer Ideen. Wie Einstein Anfang des 20. Jahrhunderts bewegt Hawking sowohl die Forschung als auch eine weltweite Öffentlichkeit. Dieses Buch erklärt seine Forschungsergebnisse als konsequente Fortsetzung Newtonscher und Einsteinscher Theorien von Raum und Zeit unter den Bedingungen der Quantenphysik. Seine Singularitätssätze begründeten zunächst die Theorie Schwarzer Löcher und des Urknalls, wonach das Universum aus einem Anfangspunkt expandieren müßte. Gleichzeitig zeigt er damit auch die Grenzen der Allgemeinen Relativitätstheorie auf, mit der unendliche Energien in punktueller Konzentration nicht mehr berechenbar sind. Hier setzt die Quantenphysik im Größenbereich des Planckschen Wirkungsquantums an. Die alte kosmologische Alternative, wonach die Welt entweder einen Anfang hatte oder immer bestand, umgeht Hawking mit seiner ‚Keine-Grenzen-Hypothese'. Danach bestand in imaginärer Zeit immer schon ein quantenphysikalischer Anfangszustand endlicher Ausdehnung ohne Grenzen und Singularitäten, aus dem das Universum aufgrund von Quantenfluktuationen in reeller Zeit gesetzmäßig expandierte. Diese Hypothese führt zwar zu überprüfbaren Voraussagen über das heutige Universum, die in Computerexperimenten simuliert und mit Weltraumteleskopen beobachtet werden können. Allerdings suchen wir noch immer nach einer physikalischen Begründung durch eine Vereinigung von Relativitäts- und Quantentheorie, wie sie heute z. B. mit den Symmetrien der Superstringtheorien verfolgt wird: Die kosmologische Forschung und ihre Faszination geht also im 21. Jahrhundert weiter …

Der Autor

Klaus Mainzer ist Professor für Philosophie und Wissenschaftstheorie an der Universität Augsburg. Er ist Autor zahlreicher Bücher wie z. B. *Geschichte der Geometrie* (1980), *Symmetrien der Natur* (1988, engl. Übers. 1996), *Zeit* (3. Aufl. 1999), *Materie* (1996, chines. Übers. 2000), *Thinking in Complexity. The Complex Dynamics of Matter, Mind, and Mankind* (3. Aufl. 1997, japan. Übers. 1997, chines. Übers. 1999), und Mitherausgeber von *Vom Anfang der Welt* (2. Aufl. 1990), *Philosophie und Physik der Raum-Zeit* (2. Aufl 1994), *Wieviele Leben hat Schrödingers Katze?* (2. Aufl. 1996), *Quanten, Chaos und Dämonen* (1994).

Klaus Mainzer

Hawking

Herder
Freiburg · Basel · Wien

Gedruckt auf umweltfreundlichem,
chlorfrei gebleichtem Papier

Originalausgabe

Lektorat: Lukas Trabert
Satz: DTP-Studio Helmut Quilitz, Denzlingen
Druck und Bindung: Freiburger Graphische Betriebe 2000
Umschlaggestaltung: Joseph Pölzelbauer
Umschlagmotiv: © dpa
ISBN 3-451-04879-5

Inhalt

Danksagung

Für die Erstellung der PC-Datei danke ich Frau Jutta Janßen, M. A., und Herrn Anik Haseloff. Herrn Lukas Trabert danke ich für die sorgfältige Lektoratsarbeit.

K. Mainzer, im April 2000

Vorwort

Der Physiker Stephen W. Hawking, Nachfolger auf Newtons berühmtem Lehrstuhl in Cambridge, gilt als Meisterdenker der modernen Kosmologie. Sein populärer Weltbestseller *Eine kurze Geschichte der Zeit* führte im Medienzeitalter mit Videos, Multimedia und Internet zu einer vorher nie erreichten Verbreitung physikalischer und kosmologischer Ideen. Wie Einstein Anfang des 20. Jahrhunderts bewegt Hawking sowohl die Forschung als auch eine weltweite Öffentlichkeit. Das Einführungskapitel trägt daher die Überschrift *Hawking – Meisterdenker im Medienzeitalter.* Es folgt *Eine kurze Geschichte der Kosmologie,* in der die wichtigsten Entwicklungsschritte von der Antike bis zur neuzeitlichen Physik zusammengestellt sind. Dieses Buch erklärt Hawkings Forschungsergebnisse als konsequente Fortsetzung Newtonscher und Einsteinscher Theorien von Raum und Zeit unter den Bedingungen der Quantenphysik. Daher lautet das dritte Kapitel *Newton und Einstein – Klassische Kosmologie,* in dem in die Grundlagen von Newtons Gravitationstheorie und Einsteins Allgemeiner Relativitätstheorie anschaulich eingeführt wird.

Hawkings Singularitätssätze (die er zusammen mit Roger Penrose bewies) begründeten zunächst die Theorie Schwarzer Löcher und des Urknalls, wonach sterbende Sterne und Galaxien in Punkten (‚Singularitäten') kollabieren können und das Universum aus einem Anfangspunkt expandieren müßte. Davon ist in Kapitel 4 (*Schwarze Löcher und Urknall – Raumzeitliche Singularitäten*) die Rede. In der Öffentlichkeit schlossen sich daran Spekulationen über einen Schöpfungsakt der Welt an, die je nach weltanschaulicher Couleur auf Sympathie oder Ablehnung stießen. Vom Standpunkt der Mathematik und Physik ergaben sich aber schwerwiegende Konsequenzen: Hawkings Singularitäten zeigten nämlich Grenzen von Einsteins Allgemeiner Relativitätstheorie auf, mit der unendliche Energien in punktueller Konzentration nicht berechenbar sind.

Hier setzt die Quantenphysik im Größenbereich des Planckschen Wirkungsquantums an. Die alte kosmologische Alternative, wonach die Welt entweder einen Anfang hatte oder immer bestand, umgeht Hawking mit seiner ‚Keine-Grenzen-Hypothese'. Danach bestand in imaginärer Zeit immer schon ein quantenphysikalischer Anfangszustand endlicher Ausdehnung ohne Grenzen und Singularitäten, aus dem das Universum auf Grund von Quantenfluktuationen in reeller Zeit gesetzmäßig expandierte. Kapitel 5 trägt daher die Überschrift *Universum ohne Rand und Anfang – Quantenkosmologie.* Anschaulich werden zunächst die Grundlagen der Quantentheorie erläutert. Schließlich geht es um ein auf Richard Feynman zurückgehendes Verfahren, mit dem sich die ungeliebten Singularitäten bei Verwendung imaginärer statt reeller Zahlen für die Zeitgrößen vermeiden lassen. Weltanschauliche Spekulationen über die Bedeutung einer ‚imaginären Zeit' weist Hawking strikt zurück. Für ihn handelt es sich um eine wissenschaftliche Hypothese, da sie überprüfbare und widerlegbare Voraussagen über das heutige Universum erlaubt. Diese Prognosen können in Computerexperimenten simuliert und mit Weltraumteleskopen beobachtet werden. Allerdings läßt sich auch die Möglichkeit von Wurmlöchern und Zeitreisen berechnen, die bisher nur in den Phantasiewelten von Science-Fiction-Romanen existieren.

Hawkings ‚Keine-Grenzen-Hypothese' ist aus keiner übergeordneten Theorie ableitbar, sondern nur an ihren Konsequenzen überprüfbar. Daher suchen wir noch immer nach einer physikalischen Begründung durch eine Vereinigung von Relativitäts- und Quantentheorie. Das sechste Kapitel trägt die Überschrift *Auf der Suche nach der Weltformel – Supersymmetrien, Superstrings und*

Quantenbits. Bisher wurden Einheitsstrukturen von großer mathematischer Eleganz und Ästhetik vorgeschlagen, die jedoch rechnerisch schwer beherrschbar und durch Experiment, Messung und Beobachtung kaum überprüfbar sind. Gibt es Grenzen kosmologischer und physikalischer Erkenntnis im Sinne von Gödels Unvollständigkeitssatz? Jedenfalls stellt sich Anfang des 21. Jahrhunderts verschärft die Aufgabe, kosmologische Forschung mit computergestützter Simultations- und Beobachtungstechnik zu verbinden. Immer genauere Bilder des Universums von bizarrer Schönheit motivieren die Weltraumforschung, mit Menschen und Robotern in neue Welten vorzustoßen. Was wäre, wenn wir eine vereinheitlichte Theorie hätten? Würde sich dadurch unser Leben verändern? Wer sich mit dem Universum beschäftigt, so zeigt Stephen Hawking, lernt auch den Menschen kennen. Im letzten Kapitel geht es um *Ausblicke* auf *Zeitreisen, Leben und Verantwortung.*

Als der Herder-Verlag mir das Buchprojekt ‚*Hawking*' in seiner Reihe ‚Meisterdenker' vorschlug, gab es zunächst eine fachliche Motivation für dieses Thema. In verschiedenen Buchpublikationen hatte ich über verwandte Themen wie Grundlagen und Geschichte der Geometrie (z. B. ‚*Geschichte der Geometrie*'), Kosmologie (z. B. ‚*Vom Anfang der Welt*'), Relativitätstheorie (z. B. ‚*Philosophie und Physik der Raum-Zeit*'), Quantentheorie (z. B. ‚*Wieviele Leben hat Schrödingers Katze?*', ‚*Quanten, Chaos und Dämonen*') und Vereinigungstheorien der Physik (z. B. ‚*Symmetrien der Natur*', ‚*Materie*') gearbeitet. Kernthesen des Buches wurden in einem Fernsehvortrag mit dem Titel ‚*Zeit, Kosmos und Leben*' in der Teleakademie des SÜDWEST Fernsehens (SWR) und von 3sat im April 2000 gesendet. Hinzu kam aber auch eine persönliche Motivation. Hawking leidet an amyotropher Lateralsklerose (ALS). Ende der 80er Jahre erkrankte eine meiner begabtesten und fähigsten Mitarbeiterinnen an Multipler Sklerose (MS). Es ist der ungebrochene Lebenswille und die Lebensleistung dieser schwerstbehinderten Menschen, die Respekt verlangen, aber auch ein Zeichen der Hoffnung und des Mutes setzen.

1. Hawking – Meisterdenker im Medienzeitalter

Wer heute in einer Suchmaschine des Internets das Stichwort ‚Hawking' eingibt, wird von einer Fülle von Informationen, Buchhinweisen, Presseerklärungen, Bildern und Animationen überflutet. Schüler bieten Websites und Chatrooms an, in denen unter dem Namen ‚Hawking' über das kosmische Schicksal der Menschheit debattiert wird. Mit Multimedia lassen sich auf dem häuslichen PC Hawking-Interviews herunterladen. Weltbekannte Magazine bringen Titelgeschichten mit dem *Master of the Universe.* In den Kinos läuft noch immer der Spielfilm *Eine kurze Geschichte der Zeit,* der passend nach Hawkings gleichnamigem Weltbestseller gedreht wurde. In etwa 40 Sprachen übersetzt und nahezu fünf Jahre auf der Bestsellerliste der Sunday Times hat dieses Buch, wie Hawking gerne hervorhebt, mehr Menschen erreicht als Madonnas Bücher über Sex.

In Entertainment und Popwelt, Politik, Sport, Werbung und Wirtschaft haben wir uns längst daran gewöhnt, daß Ideen und Botschaften über Personen multimedial vermittelt, vermarktet und verkauft werden. Der Grund ist einfach: Wir sind Menschen mit Sinnen und Emotionen, keine Datenbanken und Denkmaschinen. Wenn Wissenschaft und Forschung im Medienzeitalter Menschen erreichen und bewegen wollen, brauchen sie ein menschliches Gesicht. Mit Stephen W. Hawking hat die Kosmologie ein Gesicht erhalten. Es ist das Bild einer schwerstbehinderten und gebrechlichen Gestalt, stumm und bewegungsunfähig an einen Rollstuhl gefesselt, nur über Computer und Stimmsynthesizer mit der Umwelt verbunden. Der Kopf ist fixiert, und nur noch Augen und Mimik sind zu Reaktionen fähig.

Stephen Hawking leidet an ALS (amyotropher Lateralsklerose). Ein Vortrag von ihm berührt eigentümlich: Sein Rollstuhl wird zunächst auf das Podium geschoben. Der Sprachsynthesizer wird an das Lautsprechersystem des Hörsaals angeschlossen. Ein Assistent schiebt eine Diskette mit dem Redetext in den am Rollstuhl montierten Computer. Eine künstliche Computerstimme ertönt. Mit kleinen Fingerbewegungen steuert Hawking über eine Art Keyboard den Computer. Antworten auf Fragen der Zuhörer brauchen Minuten, um eingegeben und synthetisiert zu werden.

Gelegentlich wurde seine Medienwirkung mit der von Dr. Seltsam aus Stanley Kubricks gleichnamigem Film verglichen. Dieser Dr. Seltsam ist jedoch nur die Karikatur eines fanatischen Wissenschaftlers, der seine Prothesen durch intellektuelle Energie und Leidenschaft steuert. Hawking löst in einer breiten Öffentlichkeit einen anderen Eindruck aus: Hier denkt ein schwerstbehinderter brillanter Wissenschaftler über die letzten Dinge des Universums nach und meistert sein Schicksal durch starke Willenskraft.

Jede Epoche der Geschichte hat Philosophie und Wissenschaft ihr eigenes Gesicht gegeben. In Bildern und Statuen der Renaissance treten Philosophen wie griechische Heroen auf. Der Physiker Newton oder der Chemiker Lavoisier werden auf Bildern der Aufklärungszeit wie jugendliche Freiheitshelden verklärt. Die Historienmalerei des 19. Jahrhunderts verlegt Galileis trotzigen (und nicht belegten) Ausspruch „Und sie bewegt sich doch" in einen finsteren Inquisitionskeller mit Lust an schaurigen Details. Im 20. Jahrhundert wird Einsteins Kopf mit der weißhaarigen Mähne zu einer Wissenschaftsikone für unterschiedliche Botschaften – mit gütigem Lächeln für Weisheit und Humanität oder mit frech herausgestreckter Zunge, wie es angeblich Kids und Medienleute mögen. Hawkings Wirkung in einer breiten Öffentlichkeit mag damit zu tun haben, daß Ende des 20. Jahrhunderts die Sensibilität für behinderte Menschen gestiegen ist. Hawking selber ist jedes Aufheben oder gar Mitleid mit seiner Krankheit zuwider.

In diesem Kapitel sollen gemäß der Buchreihe ‚Meisterdenker' biographische Daten kurz und knapp zusammengetragen werden. Ab dann geht es um die Sache des Denkens selbst. Geniekult oder tiefenpsychologische Betrachtungen finden sich in anderen Publikationen. Wohltuend heben sich davon Hawkings eigene autobiographische Notizen ab. Stephen William Hawking wird am 8. Januar 1942 in Oxford geboren. „Genau dreihundert Jahre nach Galileis Tod", fügen er und seine Biographen gerne hinzu. Er ist der älteste Sohn des Tropenmediziners Frank Hawking und seiner Ehefrau Isobel, die Politik, Philosophie und Wirtschaftswissenschaften in Oxford studiert hatte. Die Familie lebte während der Kriegszeit in London und wählte für Stephens Geburt das von Bomben verschonte Oxford. Nach dem Krieg arbeitete der Vater am National Institute for Medical Research am Nordrand Londons. Die Familie zog nach St. Albans, wo Stephen die St. Albans School besuchte.

Bemerkenswert ist, daß Hawking seine Schulleistungen (ähnlich wie Einstein) als mittelmäßig bezeichnet. Aus einem breiten Interesse für Gott und die Welt, „von Radio bis Religion, von Parapsychologie bis Physik", wächst in den beiden letzten Schuljahren eine starke Neigung für Mathematik und Physik. Der Vater ist als Mediziner nicht begeistert und drängt zur Biologie. Der coole Kommentar des Sohnes lautet: „Die intelligentesten Jungen wählten Mathematik und Physik, die weniger intelligenten Biologie." Um dem Vater entgegenzukommen, wählt er Chemie und Mathematik als Schwerpunktfächer. Erwähnt sei noch aus der Jugendzeit, daß in der fünften Klasse Stephen und einige Freunde an einem Computer aus Uhrenteilen und Schaltern bastelten (oder dem, was man 1957 oder 1958 dafür hielt). Seine praktischen Fähigkeiten können aber, wie er betont, mit seinen theoretischen nicht Schritt halten.

Nach dem Abitur bewirbt sich Stephen Hawking um ein Stipendium in Oxford und studiert dort vor allem theoretische Physik. Nach dem Abschlußexamen (B. A.) schwankt er bei der Promotionswahl zwischen Kosmologie als der Erforschung des sehr Großen und Elementarteilchenphysik als der Erforschung des sehr Kleinen. Anfang der 60er Jahre konnte man zwar die damals bekannten Teilchen wie in der Botanik in Klassen ordnen, ohne aber eine grundlegende Theorie zu besitzen. Demgegenüber lag nach Hawkings Meinung mit Einsteins Allgemeiner Relativitätstheorie eine mathematische Theorie der Kosmologie vor. Er bewirbt sich daher 1962 für ein Promotionsstipendium in Cambridge bei Fred Hoyle, dem damals bekanntesten britischen Astronomen. Zu Hawkings Kummer ist der zugewiesene Doktorvater aber nicht Hoyle, sondern der weniger bekannte Dennis Sciama.

1963 wird die vernichtende ALS-Diagnose getroffen, die Hawking höchstens zwei Jahre Lebenszeit gibt. Macht da eine Promotion noch Sinn? Sein damaliges Weltbild beschreibt Hawking als düster und apokalyptisch. Als Opernfreund hört er häufig Wagners Ring der Nibelungen und fährt 1964 mit seiner Schwester nach Bayreuth. Der Krankheitsverlauf scheint sich jedoch zu verlangsamen. Hawking verlobt sich mit seiner späteren Frau Jane Wilde, beginnt, die Allgemeine Relativitätstheorie zu verstehen, und kommt mit seiner Arbeit voran. 1965 lernt er den Mathematiker Roger Penrose kennen und wendet dessen Singularitätstheorie auf die Kosmologie an (vgl. Kap. 4). Das war der Grundstein von Hawkings Theorie des expandierenden Universums, an der er bis 1970 in enger Kooperation mit Roger Penrose arbeitet. Ein Forschungsstipendium schafft 1965 die finanzielle Voraussetzung für seine Heirat mit Jane Wilde. 1967 wird Sohn Robert geboren, 1970 Tochter Lug und 1979 Sohn Timothy. Seit Ende der 60er Jahre ist Stephen Hawking an den Rollstuhl gefesselt.

Von 1970 bis 1974 arbeitet Hawking über Schwarze Löcher. Ab 1974 kommt die Quantenmechanik mit ins Spiel, deren Vereinigung mit der Relativitätstheorie zu seinem erklärten Forschungsziel wird. Auf diesem Hintergrund entwickelt er 1983 mit Jim Hartle seine ‚Keine-Grenzen-Hypothese' eines unendlichen Universums ohne Ränder, Grenzen und Anfang (vgl. Kap. 5).

Trotz seiner zunehmenden Behinderung unternimmt Hawking seit Anfang der 70er Jahre ausgedehnte Reisen, die ihn weltweit mit Physikern und Kosmologen zusammenführen. Der Ruhm innerhalb des Fachs wächst mit bahnbrechenden Untersuchungen und der Herausgabe von Fachbüchern. Nach der Entdeckung der nach ihm benannten Strahlung Schwarzer Löcher wird er in die Royal Society aufgenommen. Nach einem Forschungsjahr am renommierten California Institute of Technology (Caltech) in Pasadena erhält er von 1975 bis 1976 sechs bedeutende Preise wie z. B. die Eddington Medaille der Royal Astronomical Society, den Hopkins Preis in den Vereinigten Staaten und die Pius-XI-Medaille der Päpstlichen Akademie der Wissenschaften. Erst jetzt wird Hawking vom Fellow zum Reader für Gravitationsphysik am Department of Applied Mathematics and Theoretical Physics der Universität Cambridge befördert. Als Träger zahlreicher nationaler und internationaler Ehrendoktorwürden und Preise wird Stephen Hawking 1979 Lucasian Professor für Mathematik auf dem berühmten Lehrstuhl, den vorher Isaac Newton, der englische Computerpionier Charles Babbage (1792–1871) und der Physiknobelpreisträger Paul Dirac (1902–1984) innehatten. 1981 wird Hawking von Konigin Elisabeth II. zum Commander of the British Empire (C. B. E.) ernannt.

Den Durchbruch zum internationalen Medienstar verschafft ihm jedoch der populärwissenschaftliche Weltbestseller *Eine kurze Geschichte der Zeit*, der 1988 vom amerikanischen Verlag Bantam Books publiziert wird. Die Geschichte dieses Medienerfolges zeigt einen Wissenschaftler, der sehr schnell die Gesetze des Medienmarktes lernt und sie zu nutzen versteht. Hawking verhandelt zunächst mit seinem Wissenschaftsverlag Cambridge University Press über das Honorar für ein populärwissenschaftliches Kosmologiebuch. Mit großer Hartnäckigkeit verweist er auf seine finanzielle Situation. Mit diesem Buch müsse, so Hawking, genügend Geld verdient werden, um die Ausbildung seiner Kinder zu garantieren und seine Familie im Falle seines Todes oder seiner Arbeitsunfähigkeit absichern zu können. Den Zugang zu einem weltweiten Vertriebsnetz mit Verbindungen zum populären Buchmarkt konnte auch ein internationaler Wissenschaftsverlag nicht garantieren. Mit 250 000 Dollar Vorschuß für die Rechte in den Vereinigten Staaten und Kanada und einer großzügigen Gewinnbeteiligung geht der Zuschlag an einen amerikanischen Verlag, der bisher noch kein Buch über ein wissenschaftliches Thema veröffentlicht hatte.

Der Chefredakteur von Bantam Books unterzieht Seite für Seite von Hawkings Buchmanuskript einer detaillierten Kritik aus der Sicht des Durchschnittslesers. Ein Buch, das als Marktprodukt geplant ist, bedarf eines intensiven Produktmanagements. Es geht nicht nur um Wahrheit und Erkenntnis für ein Millionenpublikum wie bei Newtons Physikklassiker *Principia Mathematica* oder Hawkings Lehrbüchern *The Large Scale Structure of Spacetime* oder *Superspace and Supergravity*. Im Zeitalter von E (Electronic)-Commerce kommt eine Online-Kundenbetreuung des verkauften Produkts hinzu. Von den Aktivitäten im Internet, die Hawkings Buch in den 90er Jahren auslöste, war eingangs bereits die Rede. Daher liefert seine *Kurze Geschichte der Zeit* auch eine Fallstudie für die beginnende globale Vermarktung von Wissen im Informationszeitalter. Der Erfolg eines solchen Buches wird gemacht wie der Erfolg der Filme *Jurassic Park* oder *Star Trek*. In diesem Geschäft gibt es keine Wunder. Aber ohne eine Botschaft, die ein Millionenpublikum anspricht, nützt auch das effektivste Management nichts.

Während eines Gastaufenthaltes 1985 am CERN in Genf kommt es beinahe zur Katastrophe. Nach einem intensiven Arbeitstag an seinem Buchmanuskript wird Hawking mit Erstickungsanfällen ins Krankenhaus eingeliefert. Seine Luftröhre hatte sich aufgrund der fortgeschrittenen ALS-Erkrankung lebensbedrohlich verengt und dadurch eine Lungenentzündung hervorgerufen. Es bleibt nur noch eine Luftröhrenöffnung (Tracheotomie), die zum völligen Stimmverlust führte. Seitdem ist Hawking auf ein Computerprogramm angewiesen, mit dem er aus einem Bildschirmmenü von dreitausend Begriffen seine Sätze zusammensetzen kann. Einfache Standardformulierungen werden fertig bereitgestellt. Mit einem Cursor werden die Softwarebausteine auf dem Bildschirm angeklickt, auf den Sprachsynthesizer überspielt und künstlich artikuliert. Bei den bisherigen Rechenleistungen ist ein Echtzeitdialog ausgeschlossen. Seit 1985 ist Stephen Hawking auf einen Pflegedienst rund um die Uhr angewiesen. Geruchs- und Geschmackssinn hat er verloren.

Nach der Veröffentlichung der *Kurzen Geschichte der Zeit* wird Hawking zum Medienstar. Wer das Buch gelesen hat, weiß, daß es zwar populär geschrieben, aber in der Darstellung aktueller physikalischer Theorien keineswegs einfach ist. Die Wirkung hängt mit der Botschaft und den Themen zusammen, die über Person und Schicksal von Hawking vermittelt werden. 1989 ernennt ihn die Königin zum ‚Compagnion of Honor' und verleiht ihm damit eine der höchsten Auszeichnungen, die das Empire zu vergeben hat. Aus der Hand von Prinz Philip, dem Rektor der Universität Cambridge, erhält er im selben Jahr die Ehrendoktorwürde seiner eigenen Fakultät. Die glanzvolle Feier der Universität Cambridge empfindet Jane Hawking als Höhepunkt und Krönung aller Erfolge ihres Mannes.

Als Medienstar ist Stephen Hawking eine Person öffentlichen Interesses wie Lady Diana oder Michael Jackson. Das Publikum interessiert sich für sein Privatleben. Im Herbst 1990 gibt er in einer kurzen Presseerklärung bekannt, daß er sich von seiner Frau Jane getrennt habe. In einem späteren BBC-Interview verweist Hawking auf seinen desolaten Gesundheitszustand mit ständiger Pflege, der zu einer immer größeren Belastung der Ehe führte. Tatsächlich zieht er mit seiner Pflegerin Elaine Mason zusammen, die ihn in den letzten Jahren bereits ständig begleitet hatte. Von seiner Frau wird bekannt, daß sie im Schatten seines Ruhmes nach Selbständigkeit strebte. Sie meint ihm sagen zu müssen, „daß er nicht Gott ist". Bekannt werden auch religiös-weltanschauliche Unterschiede, von denen noch im Zusammenhang mit Hawkings Universum ohne Rand und Anfang (Kap. 4) die Rede sein wird. Was auch immer noch in Medien und Öffentlichkeit spekuliert werden mag: Gefühle und Beziehungen unterliegen einer komplexen Dynamik, für die es keine berechenbare Weltformel gibt. Dabei sollten wir es mit Respekt vor der Privatsphäre auch eines Meisterdenkers im Medienzeitalter belassen.

Hawking setzt die große Tradition der kosmologischen Entwürfe von Aristoteles über Galilei, Newton und Kant bis zu Einstein fort. Es geht um die alten Menscheitsfragen, die bereits am Anfang des Denkens standen: Wer sind wir? Woher kommen wir? Wohin gehen wir? Dazu bedarf es heute des fachübergreifenden Sachverstands aus mathematischer Naturwissenschaft und Naturphilosophie. Wie immer Hawkings Antworten ausfallen und zu beurteilen sind: Mit diesen Fragen fühlt sich ein Millionenpublikum auch im 21. Jahrhundert angesprochen.

2. Eine kurze Geschichte der Kosmologie – Die Anfänge

Die Frage nach der Welt im Großen, dem Kosmos, seinem Anfang, seinem Werden, seinem Ende ist zugleich die Frage nach der Stellung des Menschen im Kosmos, seiner Vergangenheit und seiner Zukunft. Seit den Anfängen ihrer Kulturgeschichte beschäftigen sich Menschen mit dieser Frage. In diesem Kapitel skizziere ich zunächst die Entwicklung der physikalischen Kosmologie bis Einstein. Hier zeigt sich bereits, daß die Kosmologie von der jeweiligen Entwicklung in Mathematik, Physik und Technik abhängig ist. Bildlich gesprochen können die Kosmologen nur soweit in das Universum schauen, wie ihre mathematisch-physikalischen Hypothesen und technischen Instrumente reichen – von der Geometrie und den Quadranten der antiken-mittelalterlichen Astronomen über die Mechanik und Fernrohre der neuzeitlichen Physiker bis zur Quanten- und Relativitätstheorie und den Radioteleskopen moderner Astrophysiker.

Das jeweilige Bild vom Kosmos ist aber nicht nur eine Projektion und Hochrechnung des jeweiligen technisch-naturwissenschaftlichen Wissens. Es ist zugleich ein Bild des Menschen und seiner eigenen Werteinschätzung, seiner Hoffnungen, Träume und Ängste – von den Ordnungsvorstellungen im griechischen Kosmos über die Erlösungssehnsucht im geschlossenen Weltbild des Mittelalters bis zu Kants Ehrfurcht vor dem bestirnten Himmel über uns, aber auch von den Götterkämpfen früher Mythologien bis zum Krieg der Sterne in Science Fiction und moderner Politik.

In den alten Hochkulturen wurden Technik und Wissenschaft, sofern sie schon entwickelt waren, zwanglos mit Mythos und Religion in einer Einheit begriffen. So wird im Emblem eines chinesischen Kaisermantels die Dynamik des Universums durch einen feuerspeienden Drachen symbolisiert, der sich aus einem Ei, der ‚Perle des Uranfangs', windet. Die Entwicklung des Universums entspricht dem taoistischen Yang- und Yin-Prinzip. Das Universum wird durch die Interaktion beider in Bewegung gehalten, wobei Yang zum Entstehen, Yin zum Vergehen aller Erscheinungen beiträgt. Ähnlich wie die alten Chinesen besaßen auch die Azteken und Ägypter neben mythologischen Deutungen des Universums eine hochentwickelte Astronomie, die der religiösen und profanen Zeiteinteilung diente.

Die ägyptische Astronomie beschreibt und klassifiziert nur Beobachtungen mit dem bloßen Auge, rechnet kaum (im Unterschied zu den Babyloniern) und erklärt nicht durch geometrische Modelle oder physikalische Theorien (im Unterschied zu den Griechen). Am täglich einmal rotierenden Fixsternhimmel dienen die auf- und untergehenden Sterne zur Einteilung der Nacht. In sogenannten ‚Sternenuhren' wird die Nacht in zwölf Intervalle unterteilt, die durch den Aufgang bestimmter Sterne unterschieden werden. Damit erhält man eine grobe Einteilung der Nacht in zwölf ‚Stunden', die natürlich nicht exakt unserer Zeiteinteilung entsprechen.

Die bablyonische Astronomie beobachtet, stellt Tabellen auf und macht Prognosen (z.B. für Mondfinsternisse), erklärt aber nicht mit geometrischen Modellen oder physikalischen Theorien (wie später die Griechen). Im Zentrum des astronomischen Interesses steht die Mondbeobachtung als Grundlage eines Mondkalenders und Mondkultes. Die Babylonier stellen dazu genaue Tabellen für den Aufgang des Mondes her. Dazu müssen bereits komplizierte Veränderungen beachtet werden, von denen die Sichtbarkeit des Mondes abhängt wie z.B. der Abstand von Mond und Sonne, periodische Abweichungen von der Ekliptik (Sonnenbahn), veränderliche Neigung der Ekliptik am Horizont während der unterschiedlichen Jahreszeiten. Die babylonischen Tabellen sind zwar nur Annäherungen. Aber das sind unsere Tabellen auch. Sie erlauben jedenfalls Prognosen z. B. einer Mondfinsternis, wenn Vollmond ist und der Mond genau in der Ekliptik steht. Die moderne Erklärung, daß dann die Erde den Mond beschattet, ist den Babyloniern natürlich fremd, da sie über kein Planetenmodell verfügen.

Zentral für die Babylonier ist die Verbindung einer hochentwickelten Astronomie mit Mythologie und Astrologie. Tierkreiszeichen werden als Götter und Schicksalsmächte gedeutet, die das Wetter (und damit die Ernte) und das Schicksal des Herrschers (und damit die Politik) beeinflussen. Die Entstehung des Kosmos ist durch Götterkämpfe bestimmt. Noch heute finden sich solche dramatischen Motive z. B. in Wagners Opern oder Science-Fiction-Filmen. Hawking liebt beides, ohne damit an mathematischer und physikalischer Brillanz einzubüßen.

Bei den Pythagoräern kommt es zu einer merkwürdigen Durchdringung von Mathematik und Mythologie, die kosmologisch begründet wird. Der Kosmos in seinen vollkommenen mathematischen Proportionsverhältnissen gilt als Abbild göttlicher Harmonie. Sonne, Mond und Planeten werden erstmals als mathematisch vollkommene Kugeln gesehen, die von Göttern auf vollkommenen Sphären bewegt werden. Auch die Erde gilt als Kugel, die z. B. eine Erklärung des wandernden Horizontes bei der Seefahrt erlaubt.

Die Griechen begründen erstmals die Geometrie als exakte und beweisende Wissenschaft. Sie liefert die Grundlage der griechischen Astronomie und Kosmologie. Aristarch von Samos (310–230 v. Chr.) schlägt bereits ein heliozentrisches System vor, in dem der Fixsternhimmel mit der Sonne im Zentrum ruht und von der Erde umkreist wird. Entscheidender Einwand ist nicht nur der anthropozentrische Hinweis, daß dieses Modell dem Selbstverständnis der damaligen Menschen widerspricht, sondern das astronomische Argument, daß keine Richtungsänderung am Fixsternhimmel (Parallaxe) beobachtbar ist. Der Grund dafür sind die ungeheuren Entfernungen, die für die damaligen Astronomen nicht vorstellbar und abschätzbar waren.

Demgegenüber weist das geozentrische Modell (seit ca. 4. Jahrhundert v. Chr.) erhebliche Vorteile in der damaligen Diskussion auf. Es erlaubt eine Erklärung des rotierenden Fixsternhimmels um die ruhende Erde, der Sonnenbewegung auf der Ekliptik, der Jahreszeiten und auf- und untergehender Sterne während der Nacht. Zusammen mit der Auszeichnung der Stellung des Menschen in der Mitte des Kosmos wuchs damit diesem Modell eine unerschütterliche Überzeugungskraft zu, die Aristoteles (384–322 v. Chr.) durch seine Physik naturphilosophisch untermauerte (Abb. 1).

Danach wird der Kosmos in die sublunare Welt der Erde, der Lebenswelt von Mensch, Tier und Pflanze, und der supralunaren Welt des Himmels mit den ewigen Stern- und Planetenbewegungen um die zentrale Erde eingeteilt. Planeten bewegen sich gleichförmig auf Kugelsphären um die ruhende Erde. Die Fixsternsphäre schließt den endlichen Kosmos ab. Eine selber unbewegte Anfangsursache, der ‚unbewegte Beweger', hat das Sphärensystem in Bewegung gesetzt. Nach der aristotelischen Erdphysik streben die Körper auf der Erde jeweils ihrem natürlichen Ort zu: Die schweren Körper fallen mit konstanter Geschwindigkeit zum Mittelpunkt der Erde, die leichten Körper streben zur Peripherie der Mondsphäre.

Das geometrische Sphärenmodell mit seiner bestechend einfachen Symmetrie hatte bereits die Platonische Naturphilosophie beeindruckt. Als schließlich rückläufige Planetenbewegungen beobachtet wurden, haben daher Philosophen und Astronomen darin keine Widerlegung gesehen. Vielmehr versuchte man die Kernannahme des antiken kosmologischen Prinzips, nämlich Geozentrismus und gleichförmige Bewegung der Planetensphären durch geometrische Kniffs und ad-hoc-Hypothesen zu retten. Schleifenbahnen lassen sich geometrisch zum Beispiel dadurch erzeugen, daß man Planeten auf kleinen Sphären (Epizykeln) krei-

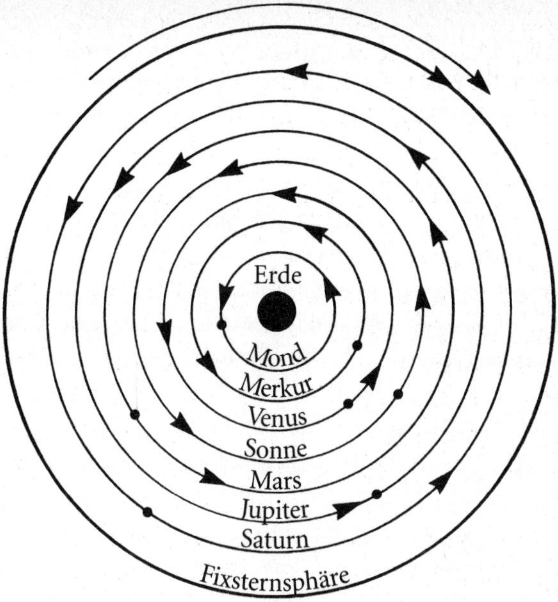

Abb. 1: *Sphärensymmetrie der antiken Kosmologie*

sen läßt, deren Mittelpunkt sich wiederum auf einer Großsphäre (Deferent) bewegt. Zusätzliche Genauigkeit bei der Übereinstimmung mit Beobachtungen erhält der alexandrinische Astronom und Mathematiker Ptolemaios (100–170 n. Chr.) dadurch, daß er die Erde mit dem Beobachter aus dem Mittelpunkt auf einen Exzenterpunkt auslagert oder die gleichförmige Kreisbewegung auf einen passenden Ausgleichspunkt neben dem Erdmittelpunkt bezieht. Durch die Aristotelische Physik mit der Erde in der Mitte des Kosmos läßt sich das nicht mehr erklären. Ptolemaios leitet daher faktisch die Trennung der mathematisch präzisen Astronomie von der Aristotelischen Physik bzw. Naturphilosophie ein, die keine Erklärung für die ad-hoc-Hypothese der Exzenter- und Ausgleichspunkte liefern kann.

Demgegenüber war Kopernikus (1473–1543) zutiefst vom antiken kosmologischen Prinzip überzeugt, wonach sich Planeten gleichförmig auf Sphären bewegen gemäß dem Grundsatz, wonach das Einfache auch das Wahre sei. Er ersetzt daher die Stellung der Erde durch die Sonne. Planeten bewegen sich nach Kopernikus gleichförmig auf Kreisbahnen um die Sonne. Rückläufige Planetenbewegungen werden als Effekte der Erdbewegung um die Sonne gedeutet. Das heliozentrische Modell ist in dem Sinne einfacher, daß es ohne Ausgleichspunkte auskommt. Der Theologe Osiander (1498–1552) versucht, dem Heliozentrismus die weltanschauliche Brisanz zu nehmen, wenn er dieses Modell als bessere ‚Hypothese' bezeichnet. Für Kopernikus ist es jedoch das wahre, weil einfachere Modell der Wirklichkeit.

Der offensichtliche Widerspruch zur Aristotelischen Physik und scheinbare Widerspruch zur herrschenden christlichen Weltanschauung ist jedoch nicht der entscheidende Einwand gegen Kopernikus in seiner Zeit. Schwerwiegender sind astronomische Bedenken, wonach das Kopernikanische System damals keine besseren Werte und Prognosen erlaubte als das von Ptolemaios. Es benötigte zwar keine Ausgleichspunkte, aber nach wie vor Epizykeln und Exzenterpunkte.

Die empirischen Grundlagen für die tatsächlich revolutionierenden Umbrüche der Astronomie durch Kepler und Newton legt Tycho Brahe (1546–1601), der mit koordinierten Teams von Gehilfen in einem nahezu modern anmutenden Großobservatorium neue und genaue Tabellen aufstellt. Kosmologisch versucht er einen Kompromiß zwischen Heliozentrismus und Aristotelischem Modell, indem er zwar die Erde als Mittelpunkt der Fixsternsphäre auszeichnet, aber die Planeten um die Sonne kreisen läßt, die wiederum mit dem Mond sich um die Erde bewegt. In Zeiten des weltanschaulichen und gesellschaftlichen Umbruchs fanden die Tychonischen Systeme als Kompromiß von Tradition und damaliger Moderne noch Anfang des 17. Jahrhunderts ihre Anhänger.

Auch Johannes Kepler (1571–1638) versucht in seinem Jugendwerk *Mysterium cosmographicum* (1595) noch den Kompromiß zwischen Heliozentrismus und Platonismus, indem er die Abstände der Planetensphären um die Sonne durch ein- und umbeschriebene Platonische Körper auszeichnet. Kepler ist aber bereits zu sehr moderner Naturwissenschaftler, um sich auf Dauer in Platonischen Spekulationen zu verlieren. In seinem Hauptwerk *Astronomia nova* von 1609 läßt sich die Auflösung des antiken-mittelalterlichen kosmologischen Prinzips verfolgen, wonach sich die Himmelskörper gleichförmig auf Sphären bewegen. Planeten beschreiben nach Kepler vielmehr Ellipsenbahnen, in deren Brennpunkt die Sonne steht.

Naturphilosophisch ist besonders bemerkenswert, daß Kepler erstmals nicht nur eine neue Himmelskinematik vorschlägt, sondern dazu eine neue Himmelsphysik fordert. Planeten werden nach Kepler nicht länger durch ‚Intelligenzen' auf ihren idealen Bahnen gesteuert, sondern durch Kraftfelder (species immateriata). Allerdings stellt sich Kepler solche Kraftfelder unter dem Einfluß von Gilberts Theorie des Erdmagnetismus fälschlicherweise als magnetische Wirkung vor. Jedenfalls verbindet er die Himmelskinematik mit einer Frage, die erst durch Newtons Gravitationstheorie beantwortet werden konnte.

Die neue Physik, mit der die Aristotelische Physik ersetzt und die Grundlage der neuzeitlichen Kosmologie gelegt wurde, entwickelte sich schrittweise. Galileis Entdeckungen mit dem Fernrohr (1609/1610) tragen weiter zu der Erschütterung der alten Kosmologie bei. So zeigen die Reliefs der Mondoberfläche, daß der Mond keine vollkommene Kugel ist. Die Satelliten des Jupiter widerlegen die häufig angeführte Auszeichnung der Erde durch einen Mond. Die beobachteten Phasen der Venus werden im Sinne des Heliozentrismus als wechselnde zentrale Sonnenbeleuchtung gedeutet. Galileis Dialog über die beiden Weltsysteme des Heliozentrismus und Geozentrismus ist zwar eine brillante Streitschrift gegen das alte System, kann aber physikalisch im strengen Sinn die

Entscheidung nicht herbeiführen. Grundlegend ist Galileis Kritik an der Aristotelischen Bewegungslehre, bei der Fall und Wurf als gleichförmig beschleunigte Bewegungen nachgewiesen werden.

René Descartes (1596–1650) beansprucht, alle physikalischen Phänomene auf korpuskulare Stöße zurückzuführen, die er mit den von ihm erstmals formulierten Stoßgesetzen mathematisch zu beschreiben versucht. Alle Kraftwirkungen werden also durch unmittelbare Kontaktkräfte im Sinne der Stoßgesetze erklärt, um das Konzept von Fernwirkungen zu vermeiden. Descartes' physikalische Erklärung der Planetenbewegung erinnert an den vorsokratischen Naturphilosophen Anaxagoras. So nimmt er einen kosmischen Wirbel von korpuskularen Teilchen an, der die Himmelskörper herumreißt. Die ständige Erhaltung dieser Bewegung wird durch den Impulserhaltungssatz erklärt, den Descartes aus den Stoßgesetzen erhält.

Bereits im Titel seines epochemachenden Hauptwerkes wird Newtons Anspruch deutlich, die neue und gemeinsame Physik für die Gesetze der Himmels- und der Erdphysik geliefert zu haben. Der Titel *Philosophiae naturalis principia mathematica* (1687) besagt, daß Newton keine Trennung von der Philosophie beabsichtigt, sondern eine neue Naturphilosophie mit mathematischen Prinzipien und, wie er in seiner Methodenlehre verdeutlicht, auf der Grundlage von Beobachtung und Experiment. Die physikalischen Rahmenbedingungen der Newtonschen Kosmologie bilden die Lehre von Raum und Zeit, die Newtonschen Mechanikgesetze und das Gravitationsgesetz. Newtons absoluter Raum ist gewissermaßen ein unbegrenzt großer und leerer Behälter, in dem sich die kosmischen Ereignisse abspielen. Seine absolute Zeit geht davon aus, daß überall in diesem Raum die Uhren mit absoluter Gleichzeitigkeit gleich gehen können.

Mit Newtons Mechanikgesetz ‚Lex inertiae' (Trägheitsgesetz) werden die geradlinigen Trägheitsbewegungen ausgezeichnet. Danach bewegt sich ein Körper gleichförmig und geradlinig, solange keine äußeren Kräfte auf ihn einwirken. Die gleichförmigen Kreisbewegungen der Antike gelten wegen ihrer Richtungsänderung nun als Beschleunigungen und keinesfalls als ausgezeichnet. Das zweite Kraftgesetz, wonach die Bewegungsänderung einer Masse durch eine beschleunigende Kraft ausgelöst wird, liefert das Kausalitätsgesetz der Klassischen Physik. Nach dem dritten Mechanikgesetz (‚Wechselwirkung') entspricht jeder Kraft eine Gegenkraft. Zentral für die Kosmologie ist das Newtonsche Gesetz der Gravitation, die zu zwei sich anziehenden Massen direkt proportional und dem Quadrat der Entfernung der beiden Massen umgekehrt proportional ist. Die Gravitationskonstante wurde erstmals von Cavendish (1731–1810) experimentell bestimmt.

Die Erfolge dieser Kosmologie noch zu Lebzeiten Newtons sind grandios: Alte und neue Phänomene werden erklärt und prognostiziert. So gelingt eine Ableitung von Keplers Ellipsenbahnen aus der Gravitationstheorie. Ferner liefert sie das erste Beispiel in der Physikgeschichte für eine ‚Unifizierung' von Kräften, wie man heute sagt: Fall- und Wurfbewegung (Erdphysik) und Mondbewegung (Himmelsmechanik) werden aus derselben Kraft, der Gravitation nämlich, abgeleitet. Damit ist die Aristotelische Trennung von Erd- und Himmelsphysik endgültig aufgehoben. Populär wurde Newtons Erklärung von Ebbe und Flut durch die Gravitationswirkung und Rotation des Mondes um die Erde.

Auf der Grundlage von Newtons Gravitationstheorie entwickelt Kant 1775 seine *Allgemeine Naturgeschichte und Theorie des Himmels, oder der Versuch von der Verfassung und dem mechanischen Ursprunge des ganzen Weltgebäudes, nach Newtonschen Grundsätzen abgehandelt.* Kants Werk beinhaltet also eine Kosmogonie und eine Kosmologie. In seiner Kosmogonie begründet er eine wirkungsgeschichtlich einflußreiche Wirbeltheorie, mit der er die Entstehung des Planetensystems mechanisch erklärt und die später unter dem Titel Kant-Laplacesche Theorie bekannt werden sollte. Kant geht von einem Chaos frei beweglicher Partikel aus, in dem die Gravitation aufgrund verschiedener Dichten unterschiedlich wirkt. Mit zunehmender Konzentration kommt es nach Kant zur Bildung des Zentralkörpers der Sonne. Die Anziehung im Zentrum auf außerhalb fliegende Partikel führt zu Zusammenstößen, so daß abgedrängte Partikel schließlich die Planetenbildung einleiten. In seiner Kosmologie entwirft Kant eine Hierarchie kosmischer Systeme mit jeweiligen Gravitationszentren, die mit Sonne und Planeten beginnt, schließlich Sonnensysteme mit Sonnen und Planeten bildet, dann Galaxien von Sonnensystemen, Metagalaxien von Galaxien und – nach Kant – im unendlichen Raum fortsetzbar ist.

In der empirischen Stellarastronomie wirkt als Zeitgenosse Kants der Astronom Herschel (1738–1822). Die Beobachtung und Katalogisierung von Sternen hatte nach Kepler einen großen Aufschwung genommen. S. Marius entdeckt 1612 den Andromedanebel, Cysat 1618 den Orionnebel. Nach Messiers Nebelverzeichnis von 1748, das 103 Objekte umfaßt, legt Herschel 1802 eine Liste von 2313 Nebel- und 197 Sternhaufen vor. Als Beobachtungsinstrument dient ihm ab 1811 ein kanonenartiges Spiegelteleskop. Im Mittelpunkt von Herschels theoretischer Schrift von 1785 *On the Construction of the Heavens* steht sein Modell des Milchstraßensystems, das Kants Kosmologie wenigstens teilweise durch Bestimmung der (scheinbaren) Sterndichte bestätigt.

Am Anfang der Astrophysik des 19. Jahrhunderts beginnt die Photometrie mit der Bestimmung von Helligkeitsskalen und die Spektroskopie mit Bestimmungen des Sonnenspektrums und Fixsternhimmels. Die Sammlung von Beobachtungsdaten nimmt im 19. Jahrhundert ungeahnte Ausmaße an. Präzisionsmessungen am Meridiankreis, die in der Zeit von 1869 bis 1905 von 16 Sternwarten durchgeführt werden, erfassen 120 000 Sterne am Nordhimmel.

Bereits Anfang des 19. Jahrhunderts zeichnet sich eine merkwürdige Paradoxie von Newtons Kosmologie ab. So wird in der Verallgemeinerung des Kopernikanischen Prinzips ein Homogenitätspostulat angenommen, wonach das Universum ein unendlicher Euklidischer Raum mit statistischer Gleichverteilung der

Massen ist. In der Tat – in einer sternenklaren Nacht scheint der Himmel für einen irdischen Beobachter überall gleich beschaffen, unabhängig von der Beobachtungsrichtung. Auch für den Astronomen, der im Laufe der Neuzeit mit immer stärkeren Fernrohren ins All blickte, änderte sich an diesem Eindruck nichts.

Nimmt man jedoch neben dem Homogenitätspostulat noch zusätzlich an, daß sich die Dichte und Helligkeit der Sterne räumlich und zeitlich nicht wesentlich verändern und schließlich Newtons Gravitationsgesetz für das ganze Universum verallgemeinerbar ist, dann ergibt sich, wie der Astronom Olbers 1832 beweist, eine merkwürdige Paradoxie. Unter diesen Voraussetzungen müßte sich die Strahlungsdichte in einem unbegrenzten Raum in jedem Punkt unendlich aufsummieren. Olbers ad-hoc-Hypothese, daß ein strahlungsabsorbierendes Medium das strahlend helle Universum verhindert, ist physikalisch nicht haltbar. Erst in der modernen relativistischen Kosmologie wird Olbers Paradoxon als Scheinproblem entlarvt: In der Nacht ist der Himmel dunkel, da das Universum expandiert.

Einen weiteren wichtigen Einwand gegen die Newtonsche Kosmologie lieferte die Astronomie: Die von Le Verrier 1859 und von Newcomb 1895 genauer beobachtete Perihelbewegung des Merkur stimmt nicht mit der Berechnung aufgrund der klassischen Gravitationstheorie überein. Allerdings zieht es die Physik – wie schon so oft in der Wissenschaftsgeschichte – vor, mit solchen Schwierigkeiten der alten Theorie zu leben, solange noch keine Alternative vorhanden ist.

Bereits im 19. Jahrhundert war Newtons Annahme eines absoluten Raumes umstritten. Tatsächlich läßt sich ein absoluter Ruhepol im Universum durch keine Beobachtung und durch kein Experiment entscheiden. Leonard Euler ging davon aus, daß ohne Newtons absoluten Raum sein Trägheitsgesetz nicht zu formulieren wäre. Danach bewegt sich ja ein Körper gleichförmig und geradlinig, solange keine äußere Kraft auf ihn einwirkt. Die Annahme eines absoluten Raumes erweist sich nach Ludwig Langes

Einführung von Trägheits- bzw. Inertialsystemen (1885) als überflüssig. Relativ zu solchen Trägheitssystemen behält nach Lange das Trägheitsgesetz auch ohne die Annahme eines absoluten Raumes seine physikalische Bedeutung. Man definiert meistens kurz: Das Trägheitssystem ist ein Koordinatensystem, in dem Newtons Trägheitsgesetz gültig ist. Wie solche Trägheitssysteme technisch-empirisch ausgewiesen werden können (z. B. durch ein astronomisches Fundamentalsystem), ist eine andere Frage.

Im Unterschied zum absoluten Raum gibt es allerdings in der Klassischen Mechanik eine für alle Inertialsysteme einheitliche und daher absolute Zeit. Ein Inertialsystem läßt sich nämlich zunächst in einheitlicher Weise in allen seinen Punkten synchron mit demselben Zeitmaß ausstatten. Schließlich läßt sich einrichten, daß der Uhrengang in den verschiedenen Inertialsystemen nach richtiger Wahl der Einheit und des Nullpunkts übereinstimmt. Durch die Annahme der absoluten Zeit wird es in der Klassischen Physik möglich, von einer vom jeweiligen Intertialsystem unabhängigen universellen Gleichzeitigkeit zu sprechen.

Zentral ist ferner die Zeitsymmetrie der Klassischen Mechanik. Newtons Axiom für mechanische Bewegungsgesetze bestimmt die Beschleunigung als 2. Ableitung des Ortes eines Körpers nach der Zeit. Mathematisch tritt daher die Zeit in seinem Bewegungsgesetz als 2. Potenz, d. h. quadriert auf. Wenn also die vorwärtslaufende Zeit t mit positiven (reellen) Werten durch eine rückwärtslaufende Zeit -t mit negativen Werten ersetzt wird, dann bleibt die Form des Gesetzes unverändert. Bekanntlich ist ja das Quadrat von positiven wie von negativen Zahlen positiv. Die Gesetze der Mechanik sind, wie man sagt, gegenüber der Symmetrietransformation $t \rightarrow -t$ invariant. In der Klassischen Mechanik kann also nicht zwischen den beiden Zeitrichtungen unterschieden werden. Jeder Lösung einer Bewegungsgleichung mit einer positiven Zeitrichtung entspricht auch eine solche mit einer negativen Richtung.

Anschaulich kann man sich einen Bewegungsablauf als einen Film vorstellen, der die Zustandsentwicklung eines Systems in der

Zeit festhält. Die Zeitsymmetrie der Mechanik besagt dann, daß die Gesetze der Mechanik sowohl den vorwärts- als auch den gespiegelten rückwärtslaufenden Film zulassen und bestimmen: Nach den Planetengesetzen kann ein Planet sowohl vorwärts als auch rückwärts die Sonne umlaufen. Aufgrund der Zeitsymmetrie der Mechanikgesetze sind also mechanische Prozesse im Prinzip reversibel (Abb. 2).

Abb. 2: *Zeitsymmetrie der Mechanikgesetze (z. B. Planeten)*

Faktisch laufen sie aber in einer Richtung ab. Von vielen Prozessen wurde die Umkehrung sogar nie beobachtet: Ein Glas fällt zu Boden und zerspringt in viele Scherben. Ein Baum wächst aus einem Samen zur vollen Baumkrone. Ein Mensch wird geboren, altert und stirbt. Irreversible Prozesse können also durch die Mechanik nicht erklärt werden.

3. Newton und Einstein – Klassische Kosmologie

Stephen Hawking ist Nachfolger Newtons auf seinem berühmten Lehrstuhl in Cambridge. Zum 300. Jahrestag der Erstpublikation von Newtons *Principia* gibt er 1987 ein umfangreiches Buch unter dem Titel ‚300 Jahre Gravitation' heraus. Mitautoren sind neben Roger Penrose und dem Nobelpreisträger Steven Weinberg maßgebende Autoren der modernen Kosmologie. Hawking bezeichnet gleich im ersten Beitrag Newtons *Principia* als das bedeutendste Buch der Physikgeschichte. Neben der physikalischen Theorie der Gravitation mußte Newton sich mit der Infinitesimalrechnung noch das mathematische Instrumentarium selbst schaffen, um die Probleme der Mechanik lösen zu können. Einstein konnte bei seiner relativistischen Gravitationstheorie auf die Riemannsche Mathematik zurückgreifen. Newtons Theorie erweist sich ferner keineswegs als falsch, sondern als Sonderfall der modernen Physik.

Dazu muß die Newtonsche Raum-Zeit-Auffassung in die Sprache der Geometrie übersetzt werden, wie Hermann Weyl, Roger Penrose oder Stephen Hawking vorgeschlagen haben. Ein physikalisches Ereignis wird durch drei Ortsangaben über Höhe, Tiefe und Breite im Euklidischen Raum und eine Zeitangabe eindeutig festgelegt. Geometrisch lassen sich daher Ereignisse als Punkte in einer 4-dimensionalen Raum-Zeit-Mannigfaltigkeit mit drei Raumkoordinaten und einer Zeitkoordinate auffassen. Anschaulich können wir uns nur drei Dimensionen vorstellen. Wir beschränken uns daher auf zwei Raumkoordinaten und eine Zeitkoordinate. In Abb. 3 repräsentiert die Zeitachse die absolute Zeit Newtons. Zu jedem festen Zeitpunkt auf der Zeitachse wird dann eine 2-dimensionale Schicht aller gleichzeitigen Ereignisse festgelegt. Anschaulich steht also jede Schicht für alle Ereignisse des 3-dimensionalen Raumes, die zu diesem Zeitpunkt mit absoluter Gleichzeitigkeit stattfinden. Um absolute Gleichzeitigkeit feststellen zu können, müßten Lichtsignale zwischen beliebig entfernten Orten augenblicklich übertragen werden können. In Abb. 3 werden gleichförmige Trägheitsbewegungen nach dem Trägheitsgesetz durch Geraden angegeben, Beschleunigungen (also Geschwindigkeitsänderungen) durch Kurven.

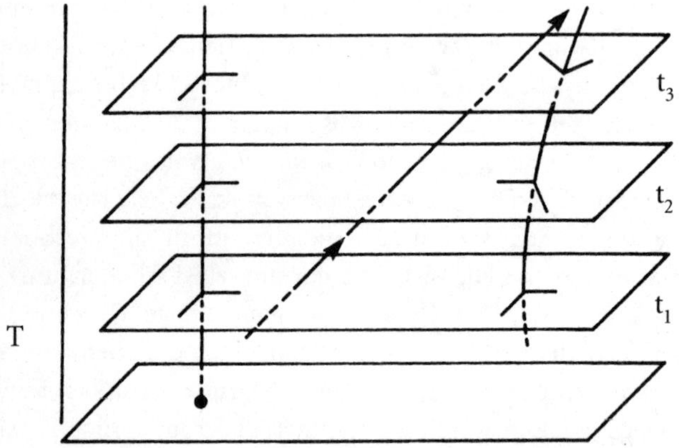

Abb. 3: *4-dimensionale Raum-Zeit der Klassischen Mechanik mit 3-dimensionalen Schichten absoluter Gleichzeitigkeit (in der Zeichnung 2-dimensionale Ebenen), geraden Linien als freien Bewegungen und Kurven als Beschleunigungen*

Es ist eine Erfahrungstatsache der Maxwellschen Elektrodynamik, daß die Lichtgeschwindigkeit unabhängig vom Bewegungszustand der Lichtquelle die endliche konstante Größe c hat. Wie läßt sich das mit Newtons absoluter Gleichzeitigkeit in der Mechanik vereinbaren, die augenblickliche Signalübertragung zuläßt? Einsteins große Leistung in seiner Speziellen Relativitätstheorie von 1905 bestand darin, daß er für Elektrodynamik und Mechanik eine gemeinsame Theorie schuf. Nach der Mechanik sind alle gleichförmig zueinander bewegten Inertialsysteme gleichwertig. Zusätzlich gilt aber nach der Elektrodynamik das Prinzip der Konstanz der Lichtgeschwindigkeit. Dann muß aber Newtons Annahme absoluter Gleichzeitigkeit aufgegeben werden. Es gibt nur noch Signalübertragungen mit maximal Lichtgeschwindigkeit c.

Eine Folge ist die Äquivalenz von Masse m und Energie E, die sich in Einsteins berühmter Formel $E = mc^2$ ausdrückt. Danach nimmt die Masse eines bewegten Körpers aufgrund seiner Bewegungsenergie zu. Meßbar wird dieser Effekt aber erst, wenn sich Körper wie Elementarteilchen nahe der Lichtgeschwindigkeit bewegen. Ebenso folgt aber auch, daß Masse in Energie zerstrahlen kann, wie in den Kernwaffen des 20. Jahrhunderts zur fürchterlichen Gewißheit wurde.

Die Spezielle Relativitätstheorie verändert also die Raum-Zeit, die sich nach dem deutschen Mathematiker Hermann Minkowski wie folgt geometrisch darstellen läßt. Ein Körper, der sich mit Lichtgeschwindigkeit c bewegt, legt in der Zeit t die räumliche Strecke x zurück, d. h. $x = ct$. Da die Lichtgeschwindigkeit c überall konstant ist, können wir sie als konstante Einheit $c = 1$ setzen. Im rechtwinkligen Raum-Zeit-Diagramm Abb. 4 mit gemeinsamer Maßeinheit für Zeit- und Raumkoordinate bewegen sich daher Körper mit Lichtgeschwindigkeit auf der Diagonalen mit 45°, wo $x = t$ ist. Nehmen wir eine zweite Raumkoordinate y hinzu, erhalten wir einen Kegel, auf dessen Mantel sich Körper mit Lichtgeschwindigkeit bewegen. Körper, die sich langsamer als mit Lichtgeschwindigkeit c bewegen, legen in der Zeit t eine räumliche Strecke x kleiner als ct zurück. Im Raum-Zeit-Diagramm Abb. 4 bewegen sie sich auf Diagonalen mit einem kleineren Neigungswinkel als 45°. Sie liegen also innerhalb des Lichtkegels. Ereignisse auf diesen Diagonalen sind zeitlich nacheinander geordnet, da sie früher oder später mit einer Geschwindigkeit langsamer als das Licht erreicht werden können. Sie heißen daher ‚zeitartig'.

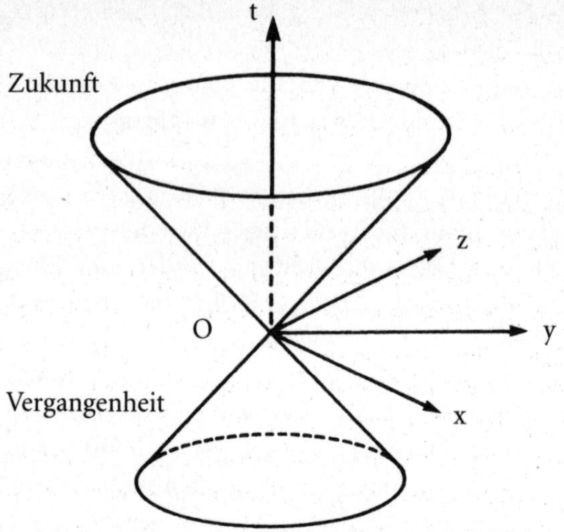

Abb. 4: *Körper mit Lichtgeschwindigkeit bewegen sich im Raum-Zeit-Diagramm auf den Geraden mit 45° zur t-Achse auf dem Zukunfts- und Vergangenheitskegel relativ zu einem Beobachter in O.*

Im oberen Lichtkegel von Abb. 4 liegen die relativ zum Koordinatenursprung zukünftigen Ereignisse, im unteren Lichtkegel die vergangenen Ereignisse. Ereignisse auf dem Kugelmantel werden alle mit der maximal möglichen Geschwindigkeit des Lichts erreicht. Sie finden also im Sinn der Relativitätstheorie relativ zum Koordinatenursprung gleichzeitig statt.

Körper, die sich schneller als mit Lichtgeschwindigkeit c bewegen würden, legten in der Zeit t eine Strecke x größer als ct zurück. Im Raum-Zeit-Diagramm Abb. 4 würden sie sich daher auf Diagonalen mit einem größeren Neigungswinkel als 45° außerhalb des Lichtkegels bewegen. Ereignisse auf diesen Diagonalen sind in ihrer Zeitfolge unbestimmt, da es nach der Relativitätstheorie keinen Sinn macht, zwischen Geschwindigkeiten größer als die Lichtgeschwindigkeit zu unterscheiden. Außerhalb des Lichtkegels läßt sich also die Zeit nicht mehr vom Raum unterscheiden. Solche Ereignisse heißen daher *‚raumartig'*.

In Raum-Zeit-Diagrammen müssen zeitabhängige Abstände anders gemessen werden als in der Euklidischen Geometrie. Dort würden wir den Abstand zwischen einem Punkt P auf dem Koordinatenmantel und dem Koordinatenursprung O nach dem Satz des Pythagoras bestimmen: Das Quadrat des Abstandes OP ist gleich der Summe der Quadrate der Koordinaten des Punktes P. Im Sinne der Relativitätstheorie finden aber alle Ereignisse auf dem Lichtkegelmantel relativ zu O gleichzeitig statt, d.h. der zeitabhängige Abstand ist Null. Bei drei Raumkoordinaten x, y und z ist der Lichtkegel durch $x^2 + y^2 + z^2 = c^2t^2$ bzw. $x^2 + y^2 + z^2 - c^2t^2 = 0$ bestimmt. Daher messen wir das Quadrat des Abstandes zwischen dem Koordinatenursprung O und einem Ereignis P im Raum-Zeit-Diagramm durch die Metrik $x^2 + y^2 + z^2 - c^2t^2$ bzw. $x^2 + y^2 + z^2 - t^2$ für $c = 1$. Bei gleichzeitigen Ereignissen auf dem Lichtkegelmantel ist das Quadrat des Abstandes zum Koordinatenursprung gleich Null, bei zeitartigen Ereignissen im Lichtkegel kleiner als Null, bei raumartigen Ereignissen außerhalb des Lichtkegels größer als Null. Nach dem niederländischen Physiker Lorentz sprechen wir auch von der Lorentz-Metrik der Minkowski-Raum-Zeit der Speziellen Relativitätstheorie. Der Unterschied zur Euklidischen Metrik mit vier Koordinaten besteht also darin, daß das Quadrat einer Koordinate (nämlich der Zeit) durch ein Minuszeichen ausgezeichnet ist. Eine Lorentz-Metrik wird daher auch durch die Vorzeichenfolge +++– von einer Euklidischen Metrik mit der Vorzeichenfolge ++++ unterschieden.

Jedes Ereignis ist also geometrisch durch einen eigenen Zukunfts- und Vergangenheitskegel bestimmt. Es gibt keine Schichten absoluter Gleichzeitigkeit mehr wie in Abb. 3. Daher muß Newtons absolute Zeit aufgegeben werden. Zeitmessung mit einer Uhr wird wegabhängig relativ zum Bezugssystem (‚Lorentz-System') der bewegten Uhr. Eine Veranschaulichung dieser Konsequenz ist das unterschiedliche Altern von gegeneinander bewegten

Zwillingen: Zwei (gleichaltrige) Zwillinge trennen sich. Der erste bleibt in Ruhe in Bezug auf ein Lorentz-System, der zweite reist davon, kehrt aber nach einiger Zeit an den Ort des Bruders zurück. Dann ist im Augenblick ihres Zusammentreffens der erste Zwilling älter als der zweite Zwilling, der die Reise unternommen hat. Dieser an Elementarteilchen mit hoher Geschwindigkeit (nahe der Lichtgeschwindigkeit) nachgewiesene Effekt zeigt, daß jeder seine eigene Zeit (‚Eigenzeit') hat.

Allerdings muß an dieser Stelle betont werden, daß auch die Gesetze der Speziellen Relativitätstheorie wie der Klassischen Mechanik zeitinvariant bzw. zeitsymmetrisch sind. Mit der Speziellen Relativitätstheorie wäre daher auch die Vorstellung verträglich, daß die Zwillinge im Laufe ihrer Trennungszeit jünger geworden wären und der reiselustige Zwilling stärker verjüngt von seiner Reise zurückgekehrt wäre. In Abb. 5 ist daher der sich langsamer verjüngende Bruder in B mit einer Schultüte dargestellt, während der sich schneller verjüngende Bruder in A ein Wickelbaby ist.

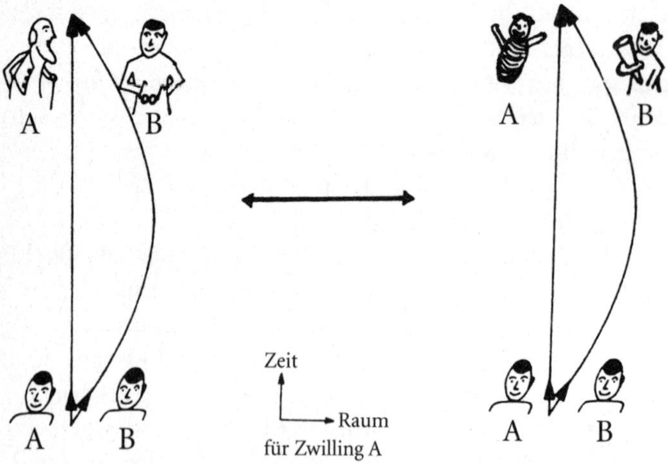

Abb. 5: *Zeitsymmetrie und Zwillingsparadoxon*

In Abb. 6 ist das Zwillingsparadoxon geometrisch durch ein Raum-Zeit-Diagramm mit Zukunfts- und Vergangenheitskegel der Ereignisse dargestellt. Zwilling A, der auf dem Heimatplaneten zurückbleibt, bewegt sich im Raum-Zeit-Diagramm auf einer unbeschleunigten Zeitstrecke maximaler Länge. Zwillingsbruder B fliegt mit nahezu Lichtgeschwindigkeit (d.h. die Zeitstrecke ist nahe dem Lichtkegelmantel) zu einem fernen Planeten, kehrt zurück und trifft mit seinem Bruder wieder zusammen. Auf der Zeitstrecke maximaler Länge gehen die Uhren schneller als auf der kürzeren Zeitstrecke des reiselustigen Zwillingsbruders.

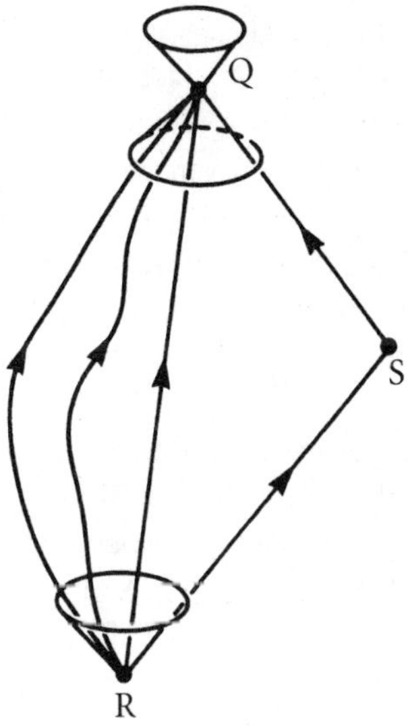

Abb. 6: *Zwillingsparadoxon im Raum-Zeit-Diagramm*

Um auch die Gravitationsgleichung der Newtonschen Physik zu erfassen, muß die Spezielle zur Allgemeinen Relativitätstheorie erweitert werden. Als Einstein seine Untersuchung zur Raum-Zeit 1907 auf beschleunigte Bezugssysteme ausweitete, setzte er voraus, daß die Beschleunigungswirkung eines Bezugssystems nicht von der Wirkung eines Gravitationsfeldes unterschieden werden kann. Anders ausgedrückt: Durch Bezug auf ein frei fallendes Bezugssystem (z. B. Raumkapsel im Orbit) lassen sich alle Auswirkungen eines homogenen Gravitationsfeldes (in dem überall die gleiche Gravitationsstärke herrscht) eliminieren, d. h. es herrscht Schwerelosigkeit.

Frei fallende Körper in inhomogenen Gravitationsfeldern, in denen unterschiedliche Gravitationsstärke herrscht, weisen Relativbeschleunigungen untereinander auf. Bei Abwesenheit von Gravitation bewegen sich freie Punktteilchen und Lichtstrahlen mit konstanter Geschwindigkeit auf geraden Linien, also ohne Relativbeschleunigung untereinander. Wird ein Gravitationsfeld eingeschaltet, indem z. B. eine große Masse in die Nähe gebracht wird, so werden diese Bahnen verbogen bzw. weisen Relativbeschleunigungen auf. Gravitationswirkung entspricht also geometrisch Bahnkrümmung. In diesem Sinn entspricht einem inhomogenen Gravitationsfeld eine gekrümmte Raum-Zeit.

Als erste Bestätigung der Einsteinschen Theorie wurde die von Eddington 1919 gemessene Krümmung der Lichtstrahlen im Gravitationsfeld der Sonne gewertet. Abb. 7 zeigt ein Raum-Zeit-Diagramm mit der ‚Weltlinie' der Sonne. Die gerade Linie beschreibt einen räumlich ruhenden Körper, der sich in der Zeit gleichförmig entwickelt. Die Erde, die sich um die Sonne dreht, beschreibt im Raum-Zeit-Diagramm eine Weltlinie, die sich in der Zeit um die gerade Weltlinie der Sonne schraubt. Der Verlauf der Weltlinie im Lichtkegel der Erde (unten links) zeigt, wie langsam sich die Erde relativ zur Lichtgeschwindigkeit bewegt. Von rechts kommt die Weltlinie eines Lichtstrahls. Da sich die Lichtteilchen (Photonen) mit Lichtgeschwindigkeit bewegen, ist ihre Weltlinie auf den Kegelmänteln eingetragen. In der Nähe der Sonne wird der Lichtstrahl für einen Beobachter auf der Erde gekrümmt.

Die Raum-Zeit-Diagramme zeigen also sehr anschaulich, wie die Weltlinien der Raum-Zeit im Großen (‚global') durch Gravi-

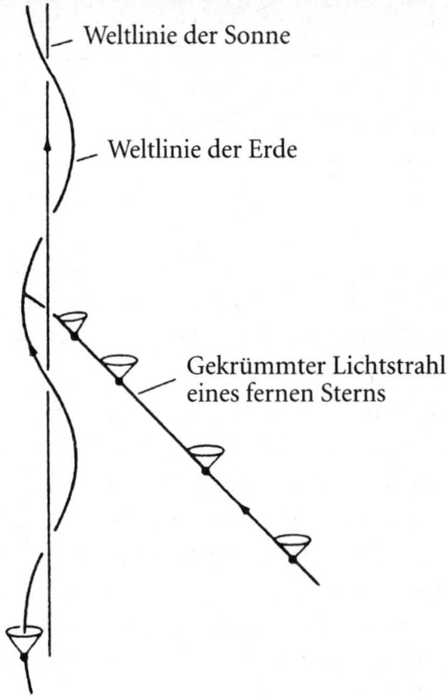

Abb. 7: *Bewegung eines Lichtstrahls von einem fernen Stern in der Nähe der Sonne für einen Betrachter auf der Erde im Raum-Zeit-Diagramm*

tationsfelder gekrümmt werden. In sehr kleinen Raum-Zeit-Abschnitten (z. B. Raumschiff) kann, wie bereits erwähnt wurde, die Gravitationswirkung durch Beschleunigung aufgehoben werden. Dort herrschen in lokaler Schwerelosigkeit die Gesetze der Speziellen Relativitätstheorie. Newtons Gravitationstheorie beschreibt in guter Annäherung eine Raum-Zeit mit schwachen Gravitationsfeldern (wie z. B. auf der Erde), in der sich Körper langsam relativ zur Lichtgeschwindigkeit bewegen. Sie versagt um so mehr, je stärker Gravitationsfelder und je schneller Geschwindigkeiten werden.

Eine empirische Bestätigung von Einsteins Gravitationsgleichung im Rahmen der Allgemeinen Relativitätstheorie lieferte neben der Lichtablenkung auch die Perihelbewegung des Merkur, die nun exakt berechnet werden konnte. Ebenso sagt die Allgemeine Relativitätstheorie zum Beispiel Zeitdehnung in Gravitationsfeldern voraus. Tatsächlich laufen Uhren, die dem Erdmittelpunkt näher und damit tiefer im Gravitationsfeld der Erde stehen, nachweislich, wenn auch minimal, langsamer. Die Allgemeine Relativitätstheorie erklärt die Raum-Zeit der Gravitationsfelder, die das Universum im Großen bestimmen. Sie ist daher die Grundlage der Einsteinschen Kosmologie.

Einstein glaubte zunächst in der Tradition Newtons an ein statisches, unbegrenztes Universum. Tatsächlich wäre aber Newtons Universum nicht stabil, da es sich aufgrund der Gravitation seiner Massen zusammenziehen müßte. Bei Newton bliebe der Raum wie ein unbegrenzter leerer statischer Behälter zurück, in dem sich die Massen zusammenklumpen. Nach Einstein werden die Weltlinien der Raum-Zeit durch die Stärke von Gravitationsfeldern beeinflußt. Aufgrund starker Gravitation können sie abgelenkt, gekrümmt und zusammengezogen werden oder bei weniger starker Gravitation auseinanderdriften. Die Raum-Zeit kann in diesem Sinn nach der Allgemeinen Relativitätstheorie expandieren oder kontrahieren. Daher nahm Einstein 1915 zum Ausgleich der Gravitation eine kosmologische Konstante an, um Expansion und Kontraktion zu verhindern und das Universum im Großen (global) statisch und stabil zu halten. Lokale Veränderungen sind damit nicht ausgeschlossen.

Physikalisch war Einsteins Ausgleichskonstante eine ad-hoc-Annahme, die durch kein physikalisches Gesetz erzwungen wird. Warum, so fragte der belgische Astronom Georges Lemaître (1894–1966), sollte man dann aber darauf nicht besser verzichten und Expansion und Kontraktion des Universums als natürliches Verhalten nach der Allgemeinen Relativitätstheorie zulassen? Da Lemaître nicht nur Astronom, sondern auch katholischer Priester war, verband sich diese Interpretation mit einem weltanschaulichen Interesse. Ein Universum, das in einem Schöpfungsakt aus einer Keimzelle entsteht, sich nach den Gesetzen Einsteins entfaltet und wieder kontrahiert, schien der Schöpfungstheologie zu entsprechen. Wir werden später im Zusammenhang mit Hawking sehen, daß die Päpstliche Akademie der Wissenschaften seitdem ihr Interesse an der Urknalltheorie nicht verloren hat.

Einstein wurde jedoch erst durch ein empirisches Argument zur Aufgabe der kosmologischen Konstante bewogen. Den Anstoß lieferten 1929 Beobachtungen der Spektroskopie. Spektren von sehr weit entfernten Galaxien wiesen Rotverschiebungen (d. h. hin zu größeren Wellenlängen) auf. Edwin Hubble deutete sie als Maß der Fluchtgeschwindigkeit, mit der sich Galaxien voneinander entfernen. Als Erklärung diente ihm ein optisch gedeuteter Doppler-Effekt. Danach erscheinen die Wellenlängen eines von einer bewegten Lichtquelle ausgesandten Lichtstrahls relativ zu einem ruhenden Beobachter größer, wenn sich die Lichtquelle entfernt. Aus der Akustik ist dieses Phänomen von Schallwellen wohlbekannt. Einstein gab die kosmologische Konstante als größte Eselei seines Lebens auf, und Lemaître freute sich. Auf einer Fotografie anläßlich eines Besuchs von Einstein bei Hubble auf dem Mount-Wilson-Observatorium sieht man Lemaître, wie er Einstein verschmitzt über die Schultern schaut.

Schließlich gab der russische Mathematiker und Physiker Alexander Friedmann exakte Lösungen der Einsteinschen Gravitationsgleichung an, die den Expansionsverläufen von Weltlinien der Raum-Zeit aus einem gemeinsamen Anfangspunkt entsprachen. Friedmanns Lösungen sind aber nur möglich, wenn man eine starke Annahme über die Regelmäßigkeit (‚Symmetrie‘) des Universums macht. Sein Kosmologisches Prinzip fordert, daß zu jedem Zeitpunkt das Universum räumlich regelmäßig (‚homogen‘) beschaffen und keine Richtung ausgezeichnet (‚isotrop‘) ist. Ein Beobachter des nächtlichen Sternenhimmels erkennt sofort, daß eine homogene und isotrope Verteilung der Sterne nur dann statistisch vorliegt, wenn wir ein Koordinatennetz mit großer astronomischer Skalierung zugrunde legen. Friedmanns Kosmologisches Prinzip fordert sogar die räumliche Regularität für jeden anderen Beobachtungspunkt des Universums.

Aus der Geometrie wissen wir, daß ein homogener und isotroper Raum, der überall gleich beschaffen ist und keine ausgezeichneten Richtungen hat, überall eine konstante Krümmung besitzt. Diese konstante Krümmung kann positiv, Null oder negativ sein. Bei 2-dimensionalen Flächen lassen sich die Krümmungsverhältnisse anschaulich vorstellen. Eine Kugeloberfläche hat eine konstante positive Krümmung, ist endlich groß, aber unbegrenzt. Eine Euklidische Ebene hat die Krümmung Null, ist unendlich groß und unbegrenzt. Eine anschaulich gesprochen „nach innen" gekrümmte Oberfläche eines Sektkelches hat negative Krümmung und ist (wenn wir von Rändern absehen) unbegrenzt groß. Nach Friedmanns Kosmologischem Prinzip berechneten Howard Robertson und Arthur Walker die jeweiligen 3-dimensionalen Räume des Universums. Bei positiver konstanter Krümmung ergibt sich ein endliches Volumen des Universums ohne Grenzen wie im 2-dimensionalen Fall der Kugel. Bei flacher und negativer Krümmung ist das Volumen des Universums zu jedem Zeitpunkt unendlich. Damit erhalten wir die drei Standardmodelle eines expandierenden Universums, die in Abb. 8 im Raum-Zeit Diagramm dargestellt sind.

Die Weltlinien der Materieteilchen expandieren in der Zeit t aus einem gemeinsamen Ausgangspunkt (‚Big Bang'). Die Zukunftskegel zeigen im Raum-Zeit-Diagramm wie üblich die Geschwindigkeit an. Bei nur einer Raumkoordinate im linken Diagramm Abb. 8 ist der Zustand des 3-dimensionalen Raumes zu jedem Zeitpunkt durch ‚Raumschnitte' angedeutet. Die Entwicklung der drei Standardmodelle in Abhängigkeit vom Weltradius R(t) ist in der rechten Abbildung dargestellt. Bei positiver Krümmung expandiert das Universum, um dann wieder zu kollabieren. Möglich wäre auch ein oszillierendes Universum, in dem sich dieser Vor-

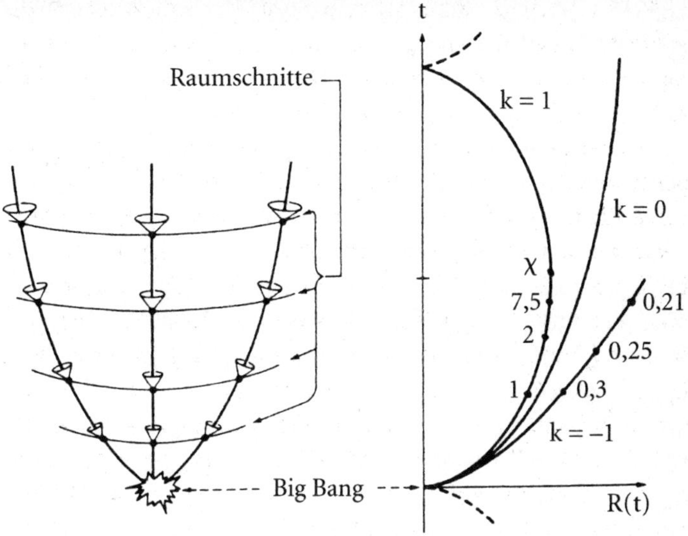

Abb. 8: *Übersicht über die drei Standardmodelle (Friedmann-Modelle) der Kosmologie nach Robertson und Walker*

gang immer wiederholt. Ein Universum mit flacher Krümmung expandiert weniger schnell, aber unbegrenzt wie ein Universum mit negativer Krümmung.

Die weltanschaulichen Sympathien für das Expansionsmodell waren geteilt. Fred Hoyle, führender britischer Kosmologe, den Hawking gerne als Doktorvater gehabt hätte (vgl. Kap. 1), war jedenfalls nicht begeistert. Er bevorzugte die Vorstellung einer ewigen Welt, ohne Gott, Anfang und Ende. Tatsächlich läßt die Allgemeine Relativitätstheorie ein ‚Steady-State-Universe' zu, wenn eine noch stärkere Symmetrie des Universums als in Friedmanns Kosmologischem Prinzip angenommen wird. So postulierten Hoyle, Bondi und Gold 1948 ein sogenanntes ‚Perfektes Kosmologisches Prinzip', wonach das Universum nicht nur räumlich, sondern auch zeitlich isotrop und homogen sei. Unter dieser Voraussetzung ergibt sich eine Raum-Zeit, die sich zeitlich im Großen nicht ändert. Die Lücken, die durch Hubbles auseinanderdriftenden Galaxien in der Raum-Zeit entstehen, müssen durch neue Galaxien geschlossen werden, die aus ständig neu entstehender Materie gebildet werden. Woher soll sie kommen? Hoyles ad-hoc-Hypothesen konnten bisher weder theoretisch erklärt noch empirisch bestätigt werden.

Eine schwächere Version ist das sogenannte ‚Partielle Kosmologische Prinzip' nach dem Logiker und Mathematiker Kurt Gödel, der mit Einstein zusammen am Center for Advanced Study in Princeton wirkte. Danach ist das Universum nur homogen, aber nicht isotrop. Die damit verbundene kosmische Geometrie besitzt als mathematische Möglichkeit geschlossene zeitartige Weltlinien (Abb. 9), die hochgradige Science-Fiction-Situationen heraufbeschwören. In diesem Universum könnte ein Beobachter ohne weiteres eine Reise in die Vergangenheit antreten, um dann dem eigenen früheren Ich zu begegnen. Diese mathematisch mögliche Lösung hat ebenfalls mit physikalischen Problemen zu kämpfen, auf die Hawking in seiner Quantenkosmologie (vgl. Kap. 6) ausführlich eingehen wird.

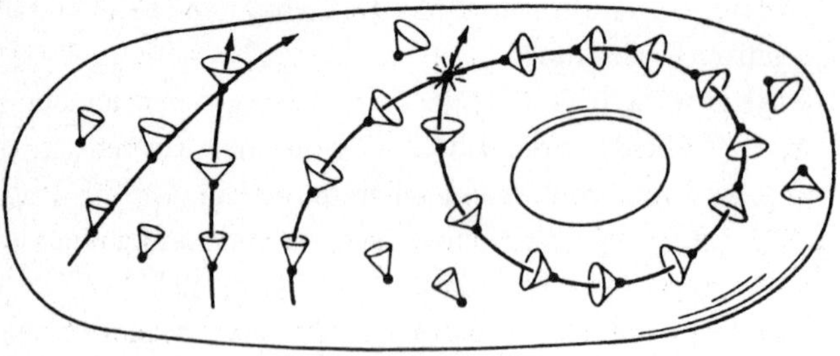

Abb. 9: *Raum-Zeit mit geschlossenen zeitartigen Weltlinien nach Kurt Gödel*

4. Schwarze Löcher und Urknall – Raumzeitliche Singularitäten

Eine erste Vorentscheidung der kosmologischen Modelle brachte 1965 die Entdeckung der Mikrowellenhintergrundstrahlung durch Arno Penzias und Robert Wilson. Sie strahlt mit nahezu perfekter Regularität von allen Seiten isotrop auf uns ein. Ihr Spektrum entspricht einer Schwarzkörperstrahlung, deren Temperatur heute bei nur 2,75 Grad Kelvin über dem absoluten Nullpunkt liegt. Bereits 1946 hatte George Gamow vorausgesagt, daß sich das Universum in den Standardmodellen nach dem Urknall in einem extrem dichten und heißen Zustand befunden haben müßte. Wegen der hohen Temperatur hätte es viele Lichtteilchen (Photonen) abgegeben. Wegen der nachfolgenden Expansion müßte diese Strahlung allerdings viel Energie verloren haben und heute als langwelliges Licht bei uns eintreffen, völlig isotrop im Spektrum der Planck-Strahlung. Genau das war der Fall. Nach Hubble (1929) war die Mikrowellenhintergrundstrahlung die größte kosmologische Entdeckung, die 1978 mit dem Nobelpreis belohnt wurde. Als Hawking 1965 die Bühne der Forschung betrat, stand er also ganz unter dem Eindruck dieser Entdeckung. Die Steady-State-Theorie, die von Fred Hoyle in Cambridge vehement favorisiert wurde, geriet ins Wanken.

Bereits 1963 hatten die russischen Physiker Jewgenij Lifschitz und Isaak Chalatnikow eine andere Theorie zur Vermeidung des Urknallanfangspunktes vorgeschlagen. Es war das Jahr, in dem Hawking zum Promovieren nach Cambridge ging. Lifschitz und Chalatnikow führten aus, daß ein Zustand unendlicher Dichte in einem Punkt dann entsteht, wenn sich Galaxien direkt aufeinander zu oder fort bewegen. Tatsächlich würden aber kleine seitliche Geschwindigkeiten sie an einem Zusammenprall gehindert haben. Nach einer Kontraktionsphase hätten die Galaxien also wieder auseinanderfliegen können, ohne einen Zustand unendlicher Dichte zu durchlaufen. Die Urknallsingularität der Standardmodelle, so meinten sie, wäre nur eine mathematische Fiktion, die sich aus der Symmetrieannahme des kosmologischen Prinzips ergibt.

An dieser Stelle setzen die Singularitätstheoreme von Roger Penrose und Stephen Hawking an, die zwischen 1965 und 1970 entstanden. Um es gleich vorweg zu nehmen: Hawking wird mathematisch beweisen, daß kosmologische Modelle in der Regel auch ohne Symmetrieannahmen eine Anfangssingularität haben müssen, wenn nur Einsteins Allgemeine Relativitätstheorie richtig ist und das Universum soviel Materie enthält, wie wir auch beobachten können. Vorausgegangen waren die Untersuchungen von Penrose über Schwarze Löcher. Erinnern wir uns dazu an das astrophysikalische Schicksal eines Sterns wie der Sonne. Sie existiert seit ca. 5 Milliarden Jahren. In ca. 5–6 Milliarden Jahren wird ihre Oberfläche bis zur Umlaufbahn der Erde anschwellen und sie zu einem Roten Riesen machen. Gleichzeitig wird in ihrem Inneren ein Kern extremer Dichte heranwachsen. Dieser Weiße Zwerg zehrt die Materie des Roten Riesen auf und bleibt etwa in der Größe der Erde zurück. Schließlich wird der Weiße Zwerg langsam erkalten und zu Asche zerfallen. Sterne in den beschriebenen Stadien sind den Astronomen wohlbekannt.

Wenn allerdings die Sternenmasse etwa $\frac{6}{5}$ der Sonnenmasse übersteigt, können Weiße Zwerge nicht existieren. Aufgrund der zunehmenden Masse wird der Stern einem wachsenden Gravitationsdruck ausgesetzt und schließlich mit gewaltig ansteigendem Druck und Temperatur explodieren. Diese kosmischen Explosionen heißen Supernovae. Zurück bleibt ein Neutronenstern, der nur noch aus den Neutronenbausteinen der Atomkerne zusammengesetzt ist. Physikalisch läßt sich ein Neutronenstern mit einem großen Atomkern von vielleicht 18 Kilometer vergleichen.

Seine Masse ist so dicht, daß ein Tennisball aus diesem Material soviel wiegen würde wie einer der Marsmonde. Allerdings kann die Masse eines Sterns so groß sein, daß auch ein Neutronenstern instabil wird. In diesem Fall wird das Gravitationsfeld so stark, daß selbst Licht nicht mehr entkommen kann. Wir sprechen dann von einem Schwarzen Loch, da kein Lichtstrahl aus dieser ungeheuren Gravitationskonzentration das Auge eines Beobachters erreichen kann.

Historisch ist bemerkenswert, daß bereits 1783 in den *Philosophical Transactions* der britischen Royal Society ein Artikel erschien, in dem dieses Phänomen in der Newtonschen Physik beschrieben wird. Eine Sternenmasse könnte, so spekulierte der Newtonianer John Mitchell, so groß und dicht sein, daß Licht quasi wie ein hochgeworfener Ball von der Gravitationsanziehung des Sterns wieder auf die Sternenoberfläche zurückgeholt werden würde.

Die Geschwindigkeit, mit der ein Körper einem Gravitationsfeld entkommen kann, heißt Fluchtgeschwindigkeit. Bei einem Schwarzen Loch müßte die Fluchtgeschwindigkeit sogar die Lichtgeschwindigkeit übertreffen, was nach Einsteins Relativitätstheorie ausgeschlossen ist. In Abb. 10a wird der Kollaps eines Körpers zu einem Schwarzen Loch in einem Raum-Zeit-Diagramm dargestellt. Wie üblich sind die Zeitdimension (senkrecht) und nur zwei Raumdimensionen berücksichtigt. Nach der Relativitätstheorie geben die Lichtkegel die Grenzen für die Geschwindigkeit von Teilchen an. Lichtteilchen (Photonen) bewegen sich mit Lichtgeschwindigkeit auf dem Kegelmantel. Beim Kollaps eines Körpers neigen sich die Weltlinien seiner Materieteilchen in der Zeit und stürzen in einem Punkt (Singularität) zusammen, der sich in der Zeit auf einer Geraden weiterbewegt. Bei einem kritischen Abstand zur Singularität, dem Schwarzschild-Radius, reicht die Geschwindigkeit der Lichtteilchen gerade noch aus, um die starke Gravitationsanziehung des Zentrums auszugleichen. In der Zeit erzeugt dieser kritische Radius einen Zylindermantel, der (absoluter) Ereignishorizont des Schwarzen Lochs genannt wird. Innerhalb des Ereignishorizonts gibt es für Masse- und Lichtteilchen kein Entkommen.

Um sich eine Vorstellung von den Größenordnungen zu machen: Eine Masse wie die Sonne würde nach einem Gravitationskollaps ein Schwarzes Loch von wenigen Kilometern Durchmesser hinterlassen. Wesentlich größere Schwarze Löcher werden in den Zentren von Galaxien vermutet. Nach den Gesetzen der Relativitätstheorie können wir uns genau vorstellen, wie es einem Astronauten in einem Schwarzen Loch ergehen würde und wie diese Ereignisse von einem Beobachter außerhalb wahrgenommen würden. Penrose und Hawking haben diese Abläufe häufig in populären Darstellungen ausgemalt. Wenn ein Astronaut mit seinem Raumschiff um 12 Uhr den Ereignishorizont überschreitet und nach seiner Uhr vorher jede Sekunde ein Signal an einen Beobachter außerhalb sendet, dann würde der Beobachter zwischen jedem Signal immer größere Abstände registrieren und schließlich vergeblich auf das 12 Uhr-Signal des Astronauten warten. Innerhalb des Ereignishorizonts würde der arme Astronaut durch die enorm zunehmenden Gravitationskräfte „wie Spaghetti" (wie Hawking sich ausdrückt) in das Schwarze Loch gezogen und zermalmt.

Zwischen 1965 und 1970 leiteten Penrose und Hawking die Existenz von Punktsingularitäten wie den Schwarzen Löchern mathematisch aus der Einsteinschen Gravitationsgleichung ab. Dazu machten sie Voraussetzungen, die physikalisch keineswegs ungewöhnlich sind oder von starken Symmetrieannahmen wie z. B. dem Kosmologischen Prinzip abhängen. Genannt werden 1) Energiebedingungen, wie sie von bekannten Materieformen erfüllt werden, 2) der Ausschluß geschlossener zeitartiger Weltlinien (‚Zeitreisen') und 3) die Annahme, daß Gravitation stark genug werden kann, um nichts daraus entweichen zu lassen (‚gefangenes Gebiet'). Bedingung 2 ist eine globale Annahme über kausale Abläufe der Raum-Zeit, die z. B. Zeitreisen in unsere Vergangenheit ausschließt, auf denen wir uns selbst als Baby begegnen könnten. Über solche Science-Fiction-Situationen werden wir in Kap. 5 noch sprechen. Alles in allem handelt es sich also um Voraussetzungen, die auch von Gegnern der Urknalltheorie kaum bezweifelt werden.

Stephen Hawking hatte aber bereits 1965 bemerkt, daß die mathematischen Gesetze Schwarzer Löcher auch auf die zeitumgekehrte Situation zwingend angewendet werden können. Wie bereits mehrfach erwähnt, sind die Gesetze der Newtonschen Physik und der Relativitätstheorie zeitsymmetrisch, d. h. sie gelten auch, wenn wir den Film der Ereignisse rückwärts laufen lassen (vgl. Abb. 2 und Abb. 5). In Abb. 10b ist die Zeitumkehr für ein Schwarzes Loch dargestellt. Die Endsingularität des Gravitationskollaps mit unendlicher Energiedichte, in der die Weltlinien im

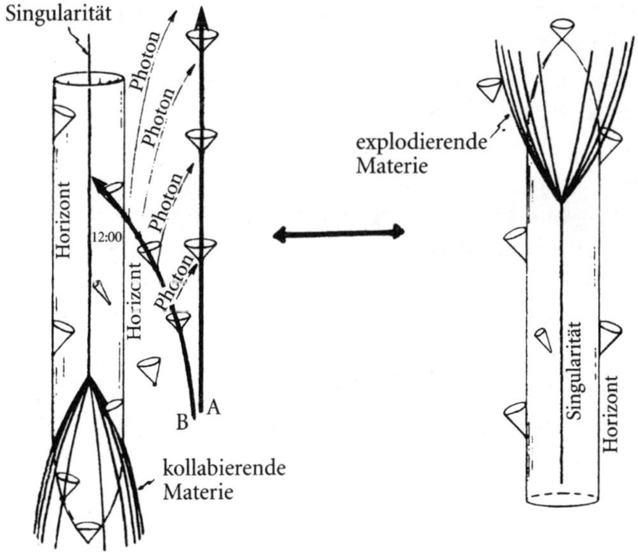

Abb. 10: *Zeitsymmetrie von Schwarzem Loch (a) und Weißem Loch (b) im Raum-Zeit-Diagramm*

Rahmen des Ereignishorizonts zusammenfallen, ist nun durch eine Anfangssingularität ersetzt, aus der die Weltlinien von Materieteilchen explodieren. Man spricht dann auch von einem Weißen Loch.

Im kosmischen Ausmaß entspricht eine Anfangssingularität, aus der die Weltlinien der Materieteilchen explodieren, einem Urknall, wie er in den Friedmann-Modellen angenommen wird (Abb. 8). Tatsächlich bewiesen Hawking und Penrose 1970 in einer gemeinsamen Arbeit, daß jedes Modell des Universums unter sehr globalen Bedingungen mit einer Anfangssingularität beginnen muß, wenn nur die Allgemeine Relativitätstheorie richtig und das Universum die von uns beobachtete Materie enthält. Die Existenz einer Anfangssingularität hängt also keineswegs an den speziellen Symmetrieannahmen der Friedmann-Modelle. Daraufhin zogen Lifschitz und Chalatnikow ihre These zurück. Der Vatikan verlieh Hawking, der die Singularitätstheoreme erstmals auf die Kosmologie angewendet hatte, eine Verdienstmedaille.

Nun wäre es sicher schief und würde dem Methodenverständnis neuzeitlicher Naturwissenschaft widersprechen, wenn die Entscheidung über kosmologische Modelle von Weltanschauungsinteressen abhinge. Tatsächlich sagt die Relativitätstheorie nach Hawking und Penrose auch nur, daß das Universum einen Anfangspunkt hatte, aber nicht, wie dieser Anfang ausgesehen hat. Nach Beobachtungen wie der Hubbleschen Rotverschiebung und der Mikrowellenhintergrundstrahlung war ihr mathematischer Beweis aber ein starkes Argument für das Urknallmodell. Das Verhalten der (damaligen) Sowjet-Russen Lifschitz und Chalatnikow zeigt, was unter Wissenschaftlern zählt (zählen sollte): Das korrekte methodische und empirische Argument!

Zwischen 1965 und Anfang der 70er Jahre war das Goldene Zeitalter der klassischen Theorie raumzeitlicher Singularitäten unter den Bedingungen der Allgemeinen Relativitätstheorie. Hawking entwickelte eine detaillierte mathematisch-physikalische Theorie der Schwarzen Löcher, ohne daß ihre empirische Existenz durch

Beobachtungen bereits eindeutig belegt wäre. Da wäre zunächst die Berechnung des undurchdringlichen Ereignishorizonts, der uns daran hindert, Signale aus dem Inneren zu erhalten. Penrose spricht allgemein bei Endsingularitäten wie Schwarzen Löchern von einer ‚kosmischen Zensur', nach der uns die Ereignisse im Inneren eines Schwarzen Lochs verborgen bleiben.

Ferner berechnete Hawking physikalische Eigenschaften des Ereignishorizontes, die einen Zusammenhang zwischen Einsteins Gravitationstheorie und der Thermodynamik herstellten. Ein Ereignishorizont wird durch Lichtstrahlen definiert, die aufgrund der Gravitationsverhältnisse dem Inneren eines Schwarzen Lochs nicht näher rücken können. Seine Oberfläche kann also niemals abnehmen, nur gleichbleiben oder zunehmen. So nimmt die Oberfläche zu, wenn Masse oder Strahlung im Schwarzen Loch einverleibt werden (Abb. 11 a). Bei der Verschmelzung zweier Schwarzer Löcher nimmt die Gesamtoberfläche des gemeinsamen Ereignishorizonts ebenfalls nicht ab, sondern zu oder bleibt gleich.

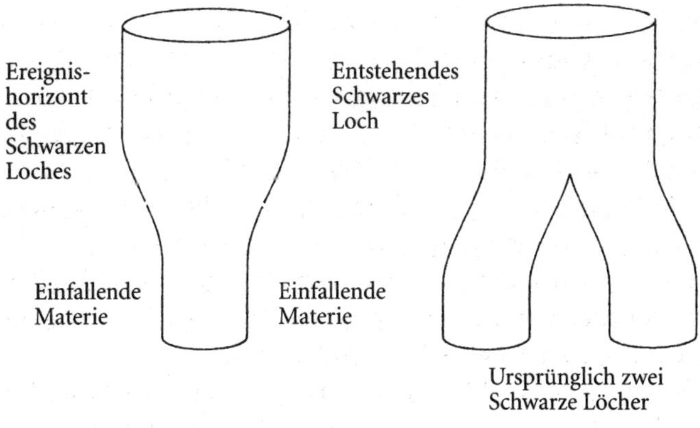

Abb. 11: *Die Gesamtoberfläche von Ereignishorizonten kann im Raum-Zeit-Diagramm nur gleichbleiben oder zunehmen, wenn Schwarze Löcher eine Materiezufuhr erhalten (a) oder sich verschmelzen (b).*

Dieses Verhalten erinnert an die Entropie, mit der in der Thermodynamik der Grad der Unordnung eines isolierten Systems gemessen wird. Wenn z. B. meine Uhr vom Schreibtisch fällt, in viele Teile zerfällt und Energie in meinem Arbeitszimmer freisetzt, dann ist ein Zustand höchster mechanischer Ordnung in Unordnung übergegangen. Der umgekehrte Vorgang, daß sich die Energie im Zimmer mit den Einzelteilen von selbst zu einer Uhr auf meinem Schreibtisch zusammensetzt, ist extrem unwahrscheinlich. Um diesen Zustand von Ordnung herbeizuführen, muß ich Energie und Arbeit aufwenden und dabei verfügbare geordnete Energie (z. B. in meinem Gehirn und meinen Muskeln) verbrauchen. Der 2. Hauptsatz der Thermodynamik besagt daher, daß die Entropie eines isolierten Systems (das nicht im Stoff- und Energieaustausch mit seiner Umwelt steht) niemals abnehmen, sondern nur gleichbleiben oder zunehmen kann. Ferner ist die Entropie zweier vereinigter isolierter Systeme größer oder gleich der Summe der Entropien der Einzelsysteme.

Durch diese Analogien inspiriert schlug Jacob Bekenstein 1972 vor, die Entropie eines Schwarzen Lochs durch die Oberfläche seines Ereignishorizonts zu definieren. Diese Annahme zwingt aber dazu, auch andere Größen der Thermodynamik auf die Theorie Schwarzer Löcher zu übertragen. In der Thermodynamik geht es vor allem um Gase, Flüssigkeiten oder Festkörper, die sich als Systemzustände aus vielen wechselwirkenden Atomen und Molekülen auffassen lassen. So ist ein Zuckerwürfel aufgrund seiner Kristallstruktur ein molekular hochgradig geordnetes System niedriger Entropie. In einem Wasserbehälter löst er sich von selbst auf, und seine Moleküle verteilen sich ungeordnet in der Flüssigkeit. Nach dem 2. Hauptsatz nimmt also die Entropie zu.

Die Heftigkeit, mit der z. B. Wassermoleküle durchschnittlich zusammenstoßen, messen wir als Temperatur des Wassers. Größere Temperatur eines Systems entspricht größerer Energiezufuhr, die mit wachsender Entropie verbunden ist. Körper, Flüssigkeiten oder Gase mit einem gewissen Grad an Temperatur strahlen Wärme ab. Wie soll aber ein Schwarzes Loch Wärmestrahlung emittieren, wenn nach klassischer Auffassung keine Signalwirkung mehr den Ereignishorizont verlassen kann? Hawking kritisierte daher zunächst den Vorschlag des Princetoner Doktoranden Bekenstein als unkorrekt. Tatsächlich zeigte er nur die Grenzen der klassischen Kosmologie auf der Grundlage von Allgemeiner Relativitätstheorie und Thermodynamik. Unter den Bedingungen der Quantenmechanik wird Hawking ab 1972 entdecken, daß Schwarze Löcher in einem bestimmten Sinn durchaus strahlen können. Mehr dazu findet sich im folgenden Kapitel über Quantenkosmologie.

Hawkings Theorie Schwarzer Löcher ist ein bemerkenswertes Beispiel dafür, wie mathematische Voraussagen präzise gemacht werden können, ohne je ein solches Gebilde gesehen zu haben. So gelang Hawking mit einigen Kollegen bis 1973 der Beweis, daß ein Schwarzes Loch nach einem Gravitationskollaps in einen Zustand der Ruhe kommen muß, in dem es rotieren, aber nicht pulsieren kann. Bereits 1963 hatte der neuseeländische Physiker Roy Kerr Lösungen der Einsteinschen Gleichungen der Allgemeinen Relativitätstheorie gefunden, die rotierende Schwarze Löcher beschreiben. Danach läßt sich voraussagen, daß sich Schwarze Löcher bei steigender Rotationsgeschwindigkeit nach außen wölben.

Diese Veränderungen Schwarzer Löcher, die vor dreißig Jahren nur mit mathematischen Lösungen komplizierter Differentialgleichungen beschreibbar waren, können heute durch Computerexperimente anschaulich für jedermann erlebbar gemacht werden. Wir sprechen von der virtuellen Realität, die durch photorealistische Eindrücke im Computer erzeugt wird. Danach wird der Computer zunächst mit den Daten der Kerrschen Geometrie gefüttert, die den rotierenden Mahlstrom (Akkretionsscheibe) beschreibt, mit dem Materie aus der Umgebung in das Zentrum des Schwarzen Lochs gesogen wird. Das virtuelle Schwarze Loch ist also eine komplexe Datenstruktur im Computer. Um die Eindrücke eines Beobachters visuell zu erzeugen, wird der Verlauf von

Sehstrahlen (raytracing) vom Beobachter zu den virtuellen Objekten verfolgt und ihre Schnittpunkte mit diesen Objekten berechnet.

Im Fall der Klassischen Physik sind die Lichtstrahlen Geraden, die den Gesetzen der Euklidischen Geometrie genügen. Geraden sind die kürzesten Verbindungen (Geodäten) im Euklidischen Raum. Nach der Allgemeinen Relativitätstheorie werden aber Lichtstrahlen in der Nähe von starken Gravitationsfeldern gekrümmt. Es gelten die Gesetze der nichteuklidischen Geometrie, in denen die Geodäten gekrümmt sind. Sehstrahlen eines Beobachters werden daher in der Nähe eines Ereignishorizonts gekrümmt und vermitteln Eindrücke ‚hinter' einem Schwarzen Loch. Nach der Speziellen Relativitätstheorie werden Ereignisse durch Lichtstrahlen mit derselben konstanten Lichtgeschwindigkeit an einen Beobachter übermittelt, unabhängig davon ob der Beobachter ruht oder sich mit irgendeiner Geschwindigkeit bewegt.

Die Sehstrahlen des Raytracing-Verfahrens müssen daher nach diesen Gesetzen der Relativitätstheorie berechnet werden. Dabei müssen nur Schnittpunkte mit der Akkretionsscheibe berücksichtigt werden, da das Schwarze Loch im Zentrum keine Eigenstrahlung besitzt. So ist es möglich, die visuellen Eindrücke eines Astronauten zu erzeugen, der sich in der Nähe eines Schwarzen Lochs mit einer Akkretionsscheibe bewegt. Abb. 12 zeigt Ausschnitte von Beobachtereindrücken, die sich bei der Bewegung vom Nordpol dieses virtuellen Objekts über seinen Äquator ergeben. Solche Szenarien sind keineswegs nur für Science-Fiction-Filme interessant. Die Visualisierungen Schwarzer Löcher beruhen auf physikalischen Theorien. Durch Vergleiche mit Aufnahmen von Weltraumteleskopen können diese Bilder überprüft und damit ihre zugrundeliegenden Theorien bestätigt oder widerlegt werden.

Mathematisch konnte Hawking beweisen, daß Größe und Gestalt eines Kerrschen Schwarzen Lochs nur von seiner Masse und Rotationsgeschwindigkeit abhängt und nicht von den vielfältigen Eigenschaften des Körpers, aus dessen Kollaps es entstanden war.

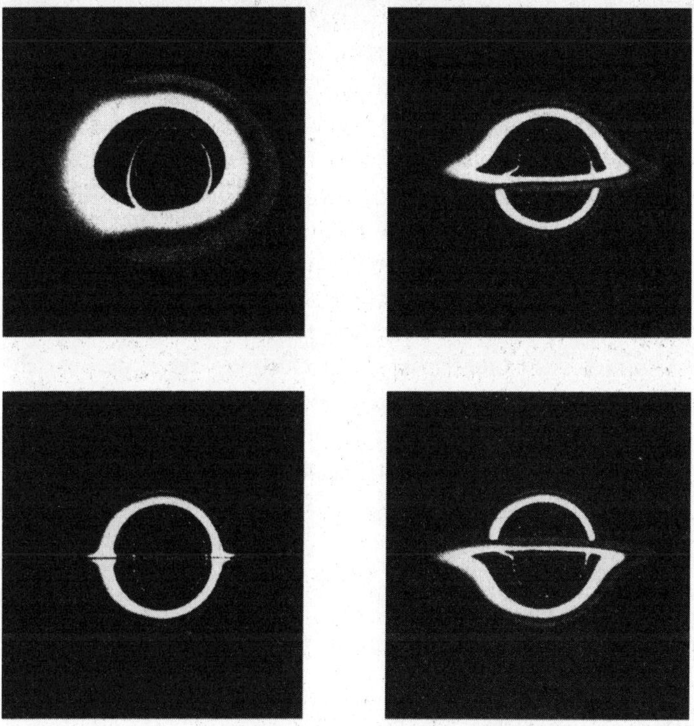

Abb. 12: *Computersimulation eines rotierenden Schwarzen Lochs, das von einem Astronauten umkreist wird*

Nahezu alle Eigenschaften eines früheren Körpers (z. B. Stern) werden also beim Kollaps zum Schwarzen Loch ‚wie Haare' abrasiert. Hawking spricht deshalb auch vom ‚Keine-Haare-Theorem'. Es zeigt, daß sehr viel Information verlorengeht, wenn ein Körper zu einem Schwarzen Loch kollabiert. Der kollabierende Körper wird ja durch sehr viele physikalische Größen oder Materiearten und Masseverteilungen beschrieben. Beim rotierenden Schwarzen Loch bleiben nur noch Masse und Drehimpuls übrig. Falls elektromagnetische Felder vorhanden sind, kommt noch die elektrische Ladung hinzu. Das ‚Keine-Haare-Theorem' bestimmt also sehr genau die Klasse kosmischer Beobachtungsobjekte, die als Schwarze Löcher in Frage kommen.

Obwohl Schwarze Löcher mathematisch nahezu perfekt beschreibbar sind, konnte keines bisher empirisch eindeutig identifiziert werden. Es gibt allerdings gute Kandidaten. Bereits 1963 entdeckte der Astronom Maarten Schmidt die Rotverschiebung eines schwach leuchtenden sternartigen (quasistellaren) Objekts (kurz: Quasar). Bei einer Gravitationsrotverschiebung hätte die verursachende Masse auch die Bahnen der Planeten im Sonnensystem beeinflußt. Also mußte die Rotverschiebung durch die Ausdehnung der Raum-Zeit verursacht sein. In diesem Fall ist das Objekt sehr weit entfernt, strahlt aber dennoch sehr hell. Diese Helligkeit kann nur auf eine große Energie zurückgeführt werden, wie sie beim Gravitationskollaps einer galaktischen Region entstehen könnte. Allerdings sind Quasare für heutige Beobachtungsinstrumente zu weit entfernt, um eindeutig als Schwarzes Loch identifiziert zu werden.

Einen anderen Hinweis liefern Messungen von pulsierenden Radiowellen, die von rotierenden Neutronensternen (kurz: Pulsaren) ausgesendet werden. Damit ist auf jeden Fall die Existenz von Neutronensternen nachgewiesen. Da ihre Größe wenig über dem kritischen Radius zur Bildung eines Schwarzen Lochs liegt, ist die Existenz von Schwarzen Löchern durch solche Pulsare wenigstens nahegelegt, aber noch nicht belegt.

Mit diesem Mangel an konkreten Beobachtungsergebnissen hängt sicher auch zusammen, daß Hawking bisher keinen Nobelpreis erhalten hat. Dieser Preis wird nämlich nur für empirisch belegte Entdeckungen vergeben. So hat auch Einstein seinen Nobelpreis keineswegs für seine Relativitätstheorie erhalten, sondern für Entdeckungen der frühen Quantenphysik. Das scheint mir aber eher ein Grund, über die altmodische Definition von wissenschaftlicher Entdeckung nach Alfred Nobel nachzudenken. Von der völlig überholten und antiquierten Fächereinteilung der Nobelpreise, bei der z. B. Mathematik oder Informatik nicht berücksichtigt sind, sei bei dieser Kritik ganz abgesehen. Jedenfalls ist Einsteins Beitrag, für den er den Nobelpreis erhielt, nicht zu vergleichen mit seiner genialen Allgemeinen Relativitätstheorie, die nun fast seit einem Jahrhundert die klassische kosmologisch-physikalische Forschung dominiert.

5. Universum ohne Rand und Anfang – Quantenkosmologie

Mit den Singularitätssätzen stößt die Klassische Physik an die Grenzen der Berechenbarkeit. Die Allgemeine Relativitätstheorie erlaubt offenbar keine vollständige Theorie des Universums. Die Theorie der Schwarzen Löcher zeigt: Sie braucht eine Ergänzung, wenn Materie aufgrund ihrer eigenen Schwerkraft zusammenstürzt oder im Urknall explodieren soll. Diese Ergänzung liefert die andere große physikalische Theorie im 20. Jahrhundert – die Quantenmechanik. 1974 veröffentlichte Stephen Hawking seine erste Untersuchung zur Quantenkosmologie mit dem Titel: *Particle Creation by Black Holes.* Was sind die Grundbegriffe der Quantenmechanik?

Da ist zunächst der Photoeffekt des Lichts, für dessen Entdeckung 1905 Albert Einstein sechs Jahre später den Nobelpreis erhielt. Demnach wird Licht nicht stetig, sondern in winzigen Energiepaketen (‚Quanten') abgestrahlt. Trifft nämlich Licht auf bestimmte Metalle, werden geladene Teilchen abgestrahlt. Wird die Lichteinstrahlung verringert, werden zwar weniger geladene Teilchen abgestrahlt, deren Geschwindigkeit jedoch bleibt gleich. Wenn Licht, wie zuvor Max Planck angenommen hatte, aus gleichen Quanten besteht, wird dieses Verhalten erklärbar. Jedes emittierte Teilchen entspricht einem Lichtquantum (Photon), das auf das Metall trifft.

Ein Teilchen von der Masse m verhält sich wie eine Welle von der Länge h/mc, wobei h die Plancksche Naturkonstante (mit der winzigen Zahl $6{,}6 \times 10^{-27}$ Gramm cm^2/sec) ist. Im Alltag wie in der Klassischen Physik unterscheiden wir zwischen Wellen- und Teilcheneigenschaften der Materie. Eine Wasseroberfläche kräuselt sich als Welle mit einer bestimmten Frequenz. Billardkugeln haben zu jeder Zeit einen bestimmten Ort und eine Geschwindigkeit. Ob etwas eine Wasseroberfläche oder eine Billardkugel ist, steht fest, bevor wir Eigenschaften wie z. B. Frequenz oder Ort messen. Demgegenüber kann sich ein Quantenobjekt im Größenbereich der Planckschen Quanten sowohl wie ein Teilchen als auch wie eine Welle verhalten. Mißt man eine Teilcheneigenschaft (z. B. Ort), so verhält sich das Quantenobjekt wie ein Teilchen. Mißt man eine Welleneigenschaft, so verhält es sich wie eine Welle. Ob das Quantenobjekt Welle oder Teilchen ist, wird also erst durch die jeweilige Messung festgelegt. Man spricht deshalb auch vom Welle-Teilchen-Dualismus in der Quantentheorie. Teilchen- und Wellenbild sind also nur anschauliche Modelle der Klassischen Physik von begrenzter Anwendbarkeit in der Quantenwelt.

Ein Quantenobjekt ist kein klassischer Gegenstand wie ein Fußball, dessen Zustand durch eine gleichzeitige Orts- und Geschwindigkeitsmessung beliebig genau bestimmt werden kann. Wenn z. B. ein Neutronenstrahl auf einen Schirm mit zwei Spalten gesendet wird, dann kann zwar der Ort oder die Geschwindigkeit des Teilchens hinter den Spalten in Abhängigkeit von der Spaltenbreite jeweils genau gemessen und durch Wiederholung die jeweilige Meßstreuung bestimmt werden. Allerdings weist eine kleinere Streuung der Ortsmessung stets eine größere Streuung der Geschwindigkeitsmessung auf und umgekehrt.

Versucht man nämlich den Ort des Teilchens genauer zu bestimmen, dann wird es im Sinne des Photoeffektes mit immer mehr Lichtquanten bestrahlt. Diese wachsende Anzahl von Energiepaketen wird die Geschwindigkeit des Teilchens zunehmend stören. Dabei verhindert die Plancksche Konstante h, daß beide Streuungen von Ort und Geschwindigkeit wie in der Klassischen Mechanik beliebig klein werden können. Wegen dieser nach Werner Heisenberg benannten Unbestimmtheitsrelation kann die Bahn eines Quantenobjekts nicht wie z. B. bei einem Fußball berechnet werden, indem sein Ort und seine Geschwindigkeit exakt bestimmt wird. Daher kann ein zukünftiger Zustand eines Teilchens auch nicht wie die Konstellation eines Planeten vorausgesagt werden. Nur Wahrscheinlichkeiten zukünftiger Ereignisse sind in der Quantenwelt voraussagbar.

Anschaulich gesprochen hat ein Quantenteilchen also nicht eine einzige Geschichte in der Raum-Zeit, sondern viele Möglichkeiten mit mehr oder weniger großen Wahrscheinlichkeiten. Der amerikanische Nobelpreisträger Richard Feynman schlug daher vor, alle Möglichkeiten eines Quantenobjekts zu berücksichtigen. Dazu ordnete er jedem Weg, den ein Teilchen von Ort A nach Ort B wählen könnte, eine Zahl zu, die von der Form des Weges abhängt. Die Wahrscheinlichkeit, daß sich das Teilchen von A nach B bewegt, ergibt sich aus der Summe der Zahlen, die mit den möglichen Wegen (‚Pfaden') des Teilchens von A nach B verbunden sind (‚Pfadintegralmethode'). Den Hauptbeitrag zur Wahrscheinlichkeit liefern gerade oder fast gerade Wege, wie man sie auch als Teilchenspur in einer Blasenkammer beobachten kann. Wenn das Teilchen aber einen Schirm mit einem Spalt passieren muß, streuen die möglichen Pfade hinter dem Spalt. Die Wahrscheinlichkeit kann groß sein, das Teilchen abseits des direkten Weges anzutreffen.

Ab 1973 wendete Hawking die Heisenbergsche Unbestimmtheitsrelation auf Schwarze Löcher an. Wir erinnern uns: Innerhalb des Ereignishorizontes eines Schwarzen Lochs ist die Gravitation so stark, daß für ein eingefangenes Teilchen selbst die Fluchtgeschwindigkeit des Lichts nicht ausreicht, um zu entkommen. Da aber nach der Relativitätstheorie kein Teilchen sich schneller als mit Lichtgeschwindigkeit bewegen kann, schien die Strahlung eines Schwarzen Lochs ausgeschlossen: Einmal gefangen, immer gefangen. Nach Feynman könnte aber ein Teilchen alle möglichen Wege durch die Raum-Zeit mit mehr oder weniger großer Wahrscheinlichkeit nehmen. Im Prinzip könnte es sich sogar schneller als das Licht bewegen.

Der Grund ist Heisenbergs Unbestimmtheitsrelation: Danach gibt es keine exakte Meßgröße für die Lichtgeschwindigkeit, sondern mehr oder weniger große Streuungen, die von der Genauigkeit der Ortsmessung abhängen. Je kleiner die Streuung bei einer Ortsmessung, je winziger die Strecke ist, auf der sich ein Teilchen bewegt, um so mehr streut seine Geschwindigkeit. Für eine sehr kleine Distanz ist es also in der Quantenwelt möglich, daß sich ein Teilchen mit größerer Geschwindigkeit als das Licht bewegt. Für größere Strecken sinkt die Wahrscheinlichkeit. In der unmittelbaren Nähe des Ereignishorizontes könnte aber ein Teilchen lange genug die Lichtgeschwindigkeit überschreiten, um dem Schwarzen Loch zu entkommen und dann wieder langsamer zu werden. Je größer aber ein Körper ist, um so geringer wird die Wahrscheinlichkeit, daß er einem Schwarzen Loch entkommt. Größere Körper müßten sich nämlich über eine größere Strecke schneller als mit Lichtgeschwindigkeit bewegen.

Nach der Quantenfeldtheorie gibt es keinen leeren Raum, der ein Schwarzes Loch umgibt. In diesem Fall hätten ja alle Felder wie z. B. ein Gravitationsfeld oder ein elektromagnetisches Feld exakt den Wert Null. Quantenfelder verhalten sich aber wie einzelne Quantenteilchen. Nach Heisenbergs Unbestimmtheitsrelation liegen auch im ‚leeren' Raum winzige Feldschwankungen über und unter dem Wert Null vor. Diese Quantenfluktuationen lassen sich durch Paare von Teilchen mit entgegengesetzter positiver oder negativer Ladung erklären, die für eine unvorstellbar kleine Zeit zusammen entstehen, sich trennen, wieder zusammenkommen und sich gegenseitig vernichten. Wegen ihrer kurzen Lebensdauer heißen diese Teilchen auch ‚virtuell'. Im Unterschied zu realen Teilchen können virtuelle Teilchen durch einen Teilchendetektor nicht direkt beobachtet werden. Allerdings lassen sich ihre indirekten Auswirkungen durch Veränderungen z. B. von Elektronenbahnen messen. Die Partner eines Paares heißen Teilchen und Antiteilchen mit jeweils entgegengesetzter positiver oder negativer Energie.

Der leere Raum um ein Schwarzes Loch ist also tatsächlich von Paaren virtueller Teilchen und Antiteilchen erfüllt. In unmittelbarer Nähe eines Schwarzen Loches kann ein Partner des virtuellen Teilchens angezogen werden und hineinfallen, während der andere Partner als Strahlung entkommt (Abb. 13). Teilchen mit negativer Energie, die in das Schwarze Loch strömen, würden die positive Energie der abgegebenen Strahlung aufwiegen. Schwarze Löcher sind also nicht vollständig ‚schwarz', sondern strahlen.

Nach Einsteins Formel $E = mc^2$ ist Energie E der Masse m (mit der Konstanten c der Lichtgeschwindigkeit) proportional. Wenn also negative Energie in ein Schwarzes Loch strömt, verringert sich seine Masse. Der Verlust an Masse hat bei einem Schwarzen Loch zur Folge, daß die Oberfläche seines Ereignishorizontes schrumpft. Wie wir im letzten Kapitel gesehen haben, läßt sich die Oberfläche eines Ereignishorizontes als Entropie eines Schwarzen Lochs auffassen. Dieser Entropieverlust eines Schwarzen Lochs wird allerdings durch die Entropie der abgegebenen Strahlung wieder ausgeglichen. Daher bleibt der 2. Hauptsatz der Thermodynamik gültig, wonach kein Entropieverlust in der Gesamtbilanz der Welt eintreten darf.

Nach der Thermodynamik verändert sich Entropie proportional zur Energie. Die Proportionalitätskonstante dieser Veränderung ist die Temperatur. Bei einem Schwarzen Loch verändert sich die Oberfläche seines Ereignishorizontes proportional zu seiner Masse. Die Proportionalitätskonstante ist die Gravitationsstärke, die an der Oberfläche des Ereignishorizontes herrscht. Wenn also die Oberfläche des Ereignishorizontes der Entropie eines Schwarzen Loches entspricht und seine Masse nach Einstein der Energie, dann müßte sich die Oberflächengravitation des Ereignishorizontes als Temperatur auffassen lassen. Tatsächlich weisen Hawkings Berechnungen diesen Zusammenhang nach. Damit war die thermische Strahlung Schwarzer Löcher mit Temperatur und Entropie vollständig bestimmt. Sie heißt nach ihrem Entdecker ‚Hawking-Strahlung'.

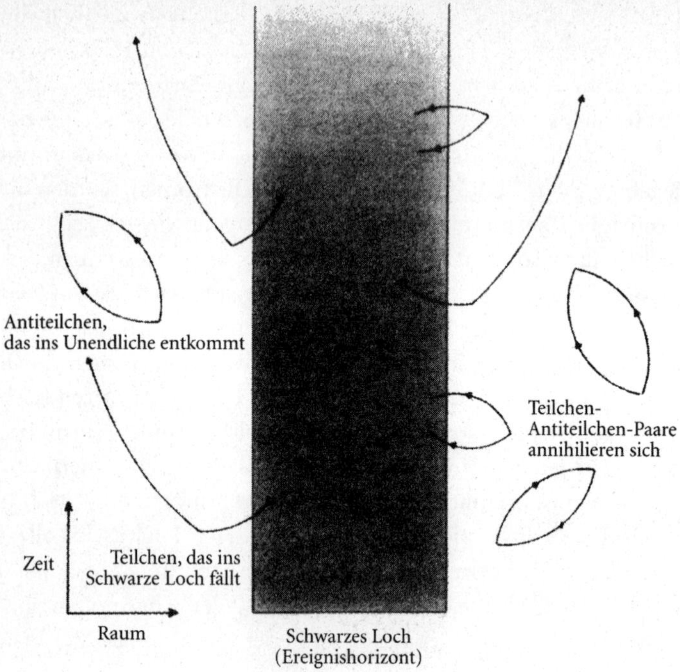

Abb. 13: *Virtuelle Teilchenpaare erzeugen Quantenfluktuationen.*

Eine Folge ist: Je mehr Masse ein Schwarzes Loch verliert, um so mehr nimmt seine Strahlung und Temperatur zu. Damit wurde zum ersten Mal denkbar, daß die aus der Allgemeinen Relativitätstheorie vorausgesagten Singularitäten der Schwarzen Löcher nach der Quantenmechanik einfach zerstrahlen und damit verschwinden könnten. In seiner Theorie Schwarzer Löcher hatte Hawking ferner zum ersten Mal einen Zusammenhang zwischen der Gravitation und dem Verhalten virtueller Teilchen und damit zwischen Allgemeiner Relativitätstheorie und Quantenfeldtheorie hergestellt – die ersten Schritte in Richtung Quantenkosmologie.

Die Quantenfeldtheorien bestimmen die Wechselwirkungen physikalischer Kraftfelder unter den Bedingungen der Quantenmechanik. In der Klassischen Physik wurden Kraftfelder wie z. B. die Gravitation als kontinuierliche Ausdehnung von Kraftwirkungen im Raum verstanden. Unter den Bedingungen der Quantenmechanik haben wir uns aber diskrete Energiepakete von Quantenteilchen vorzustellen, die miteinander wechselwirken. Elektromagnetische Wechselwirkungen sind uns bereits aus dem Alltag bekannt. Die Ausstrahlung von elektromagnetischen Wellen kennen wir z. B. von Radioantennen oder Röntgenröhren. Demgegenüber werden die schwachen Wechselwirkungen in Atomen viel seltener beobachtet, zum Beispiel beim β-Zerfall eines Neutrons, das sich unter der gleichzeitigen Emission eines Paares aus einem Elektron und einem Antineutrino (d. i. das Antiteilchen eines Neutrinos) in ein Proton umwandelt. Schwache und elektromagnetische Wechselwirkungen scheinen also wenig gemeinsam zu haben. Die schwache Kraft ist zirka tausendmal schwächer als die elektromagnetische. Während die elektromagnetische Wechselwirkung langreichweitig ist, wirkt die schwache Kraft nur in Abständen, die wesentlich kleiner sind als z. B. der Radius des Neutrons. Die radioaktiven Zerfälle sind viel langsamer als die elektromagnetischen Wirkungen. Bei den elektromagnetischen Wechselwirkungen (z. B. Streuung von einem Elektron an einem Proton) werden im Unterschied zum β-Zerfall keine Elementarteilchen in andere umgewandelt.

Die Teilchen, die an der schwachen Wechselwirkung teilhaben, heißen Leptonen (gr. leptós = zart): z. B. Neutrinos (ν), Elektronen (e^-) und Myonen (μ^+). Sie besitzen keine oder nur geringe Massen mit positiver (+) oder negativer (–) Ladung. Die starke Kraft ist als Kernkraft bekannt, die Proton und Neutron im Atomkern zusammenhält. In den 50er und 60er Jahren wurden eine Fülle von neuen Teilchen entdeckt, die mit der starken Kraft in Wechselwirkung stehen und deshalb Hadronen (gr. hadros = stark) heißen. Mit stärkeren Teilchenbeschleunigern und höheren Energien ließen sich immer mehr neue Hadronen erzeugen. Heute wird die Vielfalt der Hadronen auf wenige Grundbausteine zurückgeführt. Gemeint sind die sogenannten Quarks, deren mögliche Zustände als ‚Farben' veranschaulicht werden. So ist ein Baryon (z. B. Proton und Neutron) aus drei Quarks aufgebaut, die durch drei verschiedene Farbzustände ‚Rot', ‚Grün' und ‚Blau' unterschieden sind.

Im heutigen Universum können wir also vier Wechselwirkungen unterscheiden, nämlich die gravitative, elektromagnetische, schwache und starke Wechselwirkung. In der Elementarteilchenphysik läßt sich nun zeigen, daß sich diese Wechselwirkungen bei steigenden Energiezuständen schrittweise so miteinander vereinigen lassen, daß sie ihre jeweiligen Unterschiede verlieren. Bei 100 Giga-Elektronenvolt (1GeV = 1 Milliarde Elektronenvolt) gehen zunächst die schwache und die elektromagnetische Wechselwirkung in eine einzige Wechselwirkung über, die elektroschwach genannt wird. Die verschiedenen Teilchen der schwachen und elektromagnetischen Wechselwirkung sind im hohen Energiezustand der elektroschwachen Wechselwirkung nicht mehr zu unterscheiden. Dieser Zustand läßt sich in einem Hochenergielaboratorium im Experiment herstellen. Für 10^{14}GeV sagt die Elementarteilchenphysik voraus, daß dann auch elektroschwache und starke Wechselwirkung in eine neue Wechselwirkung übergehen. Sie wird durch die sogenannte ‚Große Unifizierte (= vereinheitlichte) Theorie', abgekürzt GUT, beschrieben. Schließlich wird angenommen, daß bei dem ungeheuren Energiezustand von 10^{19}GeV auch die gravitative und die GUT-Wechselwirkung ihre Unterschiede verlieren. Dieser Zustand wäre durch eine vereinigte relativistische Gravitationstheorie und Quantenfeldtheorie für GUT-Kräfte zu beschreiben. Diese Grenzenergie bezeichnet man auch als Planck-Energie.

Die steigenden Energien der vereinigten Wechselwirkungen sind durch steigende Temperaturen bestimmt. Für die Kosmologie lag daher die Annahme nahe, daß sich im Zuge der Ausdehnung und Abkühlung des Universums aus der vereinigten Urkraft des

Urknalls schrittweise die physikalischen Wechselwirkungen und Elementarteilchen herausgebildet haben. Bereits 1972 hatten die russischen Physiker David A. Kirshnits und Andrej Linde die Entwicklung des Universums durch eine Folge von Phasenübergängen beschrieben, in der sich nacheinander die Gravitation, die starke, schwache und elektromagnetische Wechselwirkung aus einem vereinigten Anfangszustand abspalteten (Abb. 14). Anschaulich sind Phasenübergänge der Materie durch Abkühlung wohlbekannt, wenn z.B. Wasserdampf zu flüssigem Wasser kondensiert, um schließlich bei weiterer Temperatursenkung als Eis zu gefrieren. Phasenübergänge, bei denen Kräfte unterscheidbar werden, lassen sich physikalisch als Symmetriebrechungen verstehen. So ist Wasser im flüssigen Zustand insofern symmetrisch, als jeder Punkt und jede Richtung gleich und nicht ausgezeichnet ist. Bilden sich jedoch beim Gefrieren Eiskristalle, so nehmen die Moleküle bestimmte Positionen ein und ordnen sich in bestimmten Richtungen. Die Symmetrie wird also bei diesem Phasenübergang gebrochen.

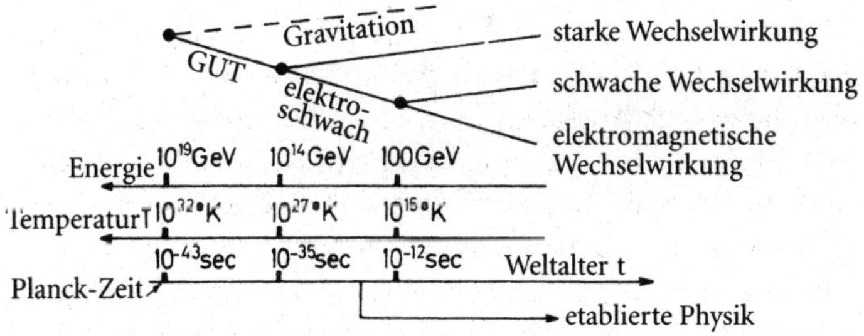

Abb. 14: *Die Vereinigung der Wechselwirkungen im Universum findet in Abhängigkeit von Energie und Temperatur zu verschiedenen Zeiten statt.*

In Friedmanns Standardmodellen der Urknalltheorie blieben viele Fragen offen. Warum ist die Materieverteilung im Universum (bei geeigneter großräumiger Skalierung) so regelmäßig, wie im Kosmologischen Prinzip angenommen wird? Warum liegen in kleineren Bereichen aber durchaus Abweichungen vor, die sich in den unterschiedlichen Formen von Sternen, Galaxien und Galaxienhaufen zeigen? Dazu müssen bereits im heißen und dichten Urzustand des Universums, aus dem die Mikrowellenhintergrundstrahlung stammt, Inhomogenitäten nachweisbar sein, die sich im Zuge von Expansion und Abkühlung zu galaktischen Strukturen auskristallisierten. Warum ist ferner die heute beobachtete Materiedichte im Universum so nahe an dem kritischen Wert, bei dem ein flaches Universum mit Krümmung Null und Euklidischer Geometrie vorliegt?

1981 schlug der amerikanische Physiker Alan H. Guth vom Massachusetts Institute of Technology (MIT) vor, daß sich das heiße Uruniversum während eines Zwischenstadiums exponentiell ausgedehnt haben könnte, um die heute beobachteten Zustände zu erzeugen. Das rasche Aufblähen des jungen Universums wird ‚inflationär' genannt, da es nicht wie sonst im Standardmodell mit abnehmender, sondern mit zunehmender Geschwindigkeit abläuft. Nach Guth sollte die Inflation einsetzen, als sich das Universum 10^{-35} sec. nach dem Urknall (Abb. 14) in einem instabilen unterkühlten Zustand befand. Unterkühlte Zustände sind bei Phasenübergängen bekannt. So läßt sich Wasser unter geeigneten Nebenbedingungen auch dann für eine gewisse Zeit flüssig halten, wenn es unterhalb des Gefrierpunkts unterkühlt wird. In diesem Zustand ist aber die Symmetrie des Wassers noch nicht gebrochen. Im GUT-Zustand der Materie des frühen Universums sind im unterkühlten Zustand die starken und elektroschwachen Kräfte noch nicht unterschieden.

Nach Guth ist das Universum nun in einem instabilen Zustand, in dem es mehr Energie besitzt, als wenn es zu einer Symmetriebrechung gekommen wäre. Diese Energiedichte ist mit einem negativen Druck verbunden, der sich als Antigravitation äußert: Das bereits expandierende Universum erhält einen zusätzlichen Abstoßeffekt, der es um einen gewaltigen Faktor von 10^{40} bis 10^{50}

auseinandertreibt. Während der extremen Expansion in der inflationären Epoche sinkt die Temperatur um viele Zehnerpotenzen. Es wird also extrem kalt, und der Inhalt des Universums verdünnt sich erheblich. Nach 10^{-32} sec. ist die Inflationsphase abgeschlossen und die starken und elektroschwachen Kräfte werden unterscheidbar – analog dem Ausfrieren von Eiskristallen nach dem unterkühlten Zustand des Wassers. Die aufgespeicherte Energie des GUT-Zustandes wird freigesetzt und materialisiert sich in einer riesigen Zahl von Teilchen. Durch ihre Wechselwirkung steigt die Temperatur wieder auf die ursprüngliche GUT-Temperatur an. Die Antigravitation wird durch Gravitation ersetzt, und das Universum geht in eine Phase gebremster Expansion über, wie sie die Standardmodelle voraussagen.

Guths inflationäres Universum schien die offenen Fragen der Standardmodelle zunächst zu beantworten. Durch inflationäre Expansion schienen die Unregelmäßigkeiten des Universums ähnlich geglättet wie bei einem faltigen Luftballon, der aufgeblasen wird. Eine Region auf einem solchen Ballon wird flacher und nähert sich einer Euklidischen Ebene, je größer der Ballon wirkt. Guths inflationäres Universum sagte die kritische Dichte voraus, die unser heute beobachtbares Universum als nahezu flach mit Krümmung Null bestimmt.

Der Teufel steckt aber bekanntlich im Detail. Stephen Hawking rechnete aus, daß sich das Universum nach Guths Modell heute in einem sehr ungleichförmigen Zustand befinden müßte. Es müßten Regionen anzutreffen sein, in denen noch keine Symmetriebrechung stattgefunden hätte und folglich die starken und elektroschwachen Kräfte mit ihren Elementarteilchen noch nicht unterscheidbar wären. Hawking beschreibt den Phasenübergang nach Guth anschaulich mit der Blasenbildung bei kochendem Wasser. Die Blasen entsprechen den Regionen in der Raum-Zeit, in denen bereits starke und elektroschwache Kräfte unterschieden sind. Während des Phasenübergangs dehnten sich die Blasen aus, verbanden sich, bis sich das ganze Universum in diesem Zustand befand. Hawking wies nach, daß sich die Regionen selbst bei Ausdehnung mit Lichtgeschwindigkeit zu schnell voneinander entfernt hätten, um sich miteinander zu vereinigen. Während einer Konferenz in Moskau 1981 traf er auf Andrej Linde. Der junge russische Kollege hatte mittlerweile ein neues inflationäres Modell entwickelt, in dem der Phasenübergang der Symmetriebrechung verlangsamt war, um das gleichförmige Universum unserer Beobachtung zu erzeugen. Ähnliche verbesserte Ansätze wurden 1982 von Andreas Albrecht und Paul J. Steinhardt von der Universität von Pennsylvania ausgearbeitet. Allerdings wies Hawking auch für die neuen Inflationsmodelle Mängel nach. So müßten nach diesen Theorien größere Schwankungen in der Temperatur der Mikrowellenhintergrundstrahlung vorliegen, als heute beobachtet werden. Vor allem stellt sich aber die Frage, warum sich der von Guth angenommene Unterkühlungszustand eingestellt hat.

Hawking favorisiert daher das Modell einer chaotischen Inflation, das Andrej Linde 1983 vorschlug. Es greift nur auf die natürlichen Eigenschaften von Quantenfeldern zurück, die bei der Vereinigung der physikalischen Grundkräfte in der Elementarteilchenphysik mitwirken. Gemeint sind sogenannte Skalar-Felder, deren Existenz wir nur indirekt durch charakteristische Effekte in der Wechselwirkung mit bestimmten physikalischen Kräften erkennen. So bemerken wir elektrostatische Potentiale im Raum nur dann, wenn elektrische Felder auftreten. Sie können durch unterschiedliche Potentiale, z. B. an den Polen einer Batterie, oder durch zeitliche Veränderung von Potentialen entstehen. Liegt überall das gleiche Potential vor, scheinen wir uns in einem leeren Vakuumzustand zu befinden, der nicht wahrgenommen wird. In der Elementarteilchenphysik werden entsprechende Higgs-Felder angenommen, die das Universum erfüllen. Sie sind durch potentielle Energien bestimmt, unter deren Einfluß die physikalischen Kräfte und ihre Elementarteilchen entstehen.

So sind die Photonen als Trägerteilchen der elektromagnetischen Wechselwirkung masselos, während die Trägerteilchen der schwachen Wechselwirkung große Massen besitzen. Im Zustand der vereinigten elektroschwachen Wechselwirkung werden alle beteiligten Trägerteilchen als masselos und nicht unterscheidbar vorausgesetzt. Durch Wechselwirkung mit einem charakteristischen Higgs-Feld erhalten die Trägerteilchen der schwachen Wechselwirkung Masse. Die Photonen, die mit dem Higgs-Feld nicht wechselwirken, bleiben masselos. Analog wirken Higgs-Felder auch bei der Entstehung der anderen Grundkräfte mit. In den Vereinigungszuständen sind die Trägerteilchen der beteiligten Grundkräfte masselos und nicht unterscheidbar. Anschaulich gesprochen kommt es dadurch zur Symmetriebrechung, daß sich die Trägerteilchen die Higgs-Felder, mit denen sie wechselwirken, einverleiben und damit als massive Teilchen unterscheidbar werden.

Solche Skalarfelder können nach Linde eine inflationäre Epoche während der Expansion des Universums auslösen. Nach der Allgemeinen Relativitätstheorie ist die Expansionsgeschwindigkeit des Universums der Quadratwurzel seiner Dichte proportional. Da die Dichte gewöhnlicher Materie während der Expansion abnimmt, müßte auch die Expansionsgeschwindigkeit abnehmen. Nun sind aber Masse und Energie nach Einsteins Formel $E = mc^2$ äquivalent. Also trägt auch die potentielle Energie eines Skalarfeldes zur Dichte und damit zur Ausdehnung des Universums bei. Unter bestimmten Voraussetzungen nimmt diese potentielle Energie aber deutlich langsamer ab als die Materiedichte. Diese Eigenschaft könnte nach Linde eine inflationäre Expansion ausgelöst haben. Anschaulich können wir uns die potentielle Energie eines Skalarfeldes als eine Art Treibsatz vorstellen, der das Universum explosionsartig auseinanderfliegen läßt. Während nämlich das Universum bereits nach dem Urknall expandierte und die Materiedichte abnahm, blieb die potentielle Energie des beteiligten Skalarfeldes zunächst nahezu konstant und trug zu einer erheblichen Erhöhung der Expansionsgeschwindigkeit bei. Sobald diese potentielle Energie auf ihr Minimum abgesunken war, hörte die Inflation auf. Die freigesetzte Energie wurde in Elementarteilchen

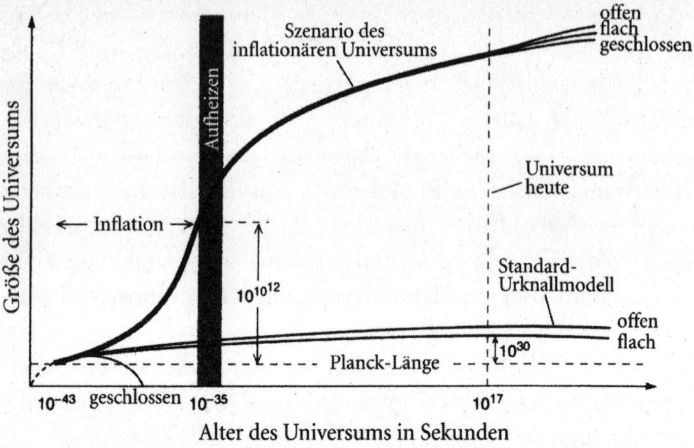

Abb. 15: *Chaotische Inflation treibt das Universum auseinander und korrigiert die Standardmodelle der Urknalltheorie.*

umgewandelt, deren Wechselwirkung zu einem Aufheizen des Universums beitrug. Von nun an läßt sich die Entwicklung wie in den Standardmodellen beschreiben (Abb. 15).

Linde nennt seine Inflationstheorie chaotisch, da Skalarfelder in der vorinflationären Epoche beliebige Werte einnehmen konnten. Sie hängen von Quantenfluktuationen ab, wie sie Heisenbergs Unbestimmtheitsrelation zuläßt. In winzigen Zeitabständen können Energien als virtuelle Teilchen aufflackern und wieder verschwinden. Der Grund ist: Je genauer wir immer kleinere Zeitintervalle messen, um so größer streuen nach Heisenbergs Unbestimmtheitsrelation Energiewerte. In einigen Regionen des vorinflationären Universums könnten aufgrund von Quantenfluktuationen hohe Energiewerte vorgelegen haben, die dort eine inflationäre Epoche auslösten. Wir müssen also nicht mehr voraussetzen, daß das Universum in allen Bereichen gleichzeitig zu expandieren begann. Eine Region mit der kleinstmöglichen Ausdehnung von 10^{-33} Zentimeter hätte nach Linde ausgereicht, um unser heute beobachtbares Universum zu erzeugen. Tatsächlich liefert Lindes Modell auch Temperaturschwankungen der Mikrowellenhintergrundstrahlung, die mit heutigen Beobachtungen übereinstimmen.

Im Computerexperiment können wir ein Skalarfeld mit unterschiedlichen Energiewerten explodieren lassen. In Abhängigkeit von unterschiedlichen Ausgangswerten treibt das Feld in alle Himmelsrichtungen mehr oder weniger schnell auseinander. Bei einer Momentaufnahme im Computerbild entsteht ein fraktal-chaotischer Stern mit vielen mehr oder weniger langen Strahlen. Unterschiedliche Farben und Längen der Strahlen repräsentieren alle möglichen inflationären Epochen. In einer dieser Epochen herrschen die Bedingungen einer Welt, wie wir sie im heutigen Universum beobachten. Die anderen möglichen Welten können wir zwar aufgrund ihrer Ausgangsdaten berechnen und in Computerszenarien veranschaulichen. Sie bleiben aber dem menschlichen Beobachter verschlossen. Gott erscheint wie ein Computerfreak, der Skalarfelder wie bunte Sterne bei einem Feuerwerk auf dem PC-Bildschirm nach den Gesetzen der Quantenmechanik explodieren läßt. In einer dieser vielen Welten leben wir. Warum aber der Anfangszustand so war, daß unter anderem unsere beobachtbare Welt entstand und nicht ein anderer Anfangszustand herrschte, verrät das Inflationsmodell nicht.

Hier setzt Stephen Hawking mit seiner radikalen Frage nach dem Anfang der Welt an. 1981 wurde Stephen Hawking zu einer Tagung der Päpstlichen Akademie der Wissenschaften über Kosmologie eingeladen. Ausgerechnet auf dieser Tagung legte er den Grundstein zu einem kosmologischen Modell, das keinen zeitlichen Anfang des Universums kennt. Papst Johannes Paul II. hatte in seiner Begrüßungsansprache festgestellt, daß alle wissenschaftlichen Hypothesen über den Ursprung des Universums das Problem seines Anfangs offen lassen. Die Wissenschaft allein könne diese Frage nicht lösen, sondern müsse auch die Metaphysik berücksichtigen. Dabei erwähnte er vor allem die Annahme eines

Uratoms, aus dem sich nach der Theorie des Monsignore Lemaître das Universum entwickelt habe. Hawking hat später etwas übertrieben, wenn er daraus quasi eine Anweisung des Papstes macht: „Wir sollten aber nicht den Versuch unternehmen, den Urknall selbst zu erforschen, denn er sei der Augenblick der Schöpfung und damit das Werk Gottes." Jedenfalls untersuchte Hawking seitdem den Urknall und mit ihm alle Kosmologen, die sich um eine vereinigte Relativitäts- und Quantentheorie bemühten. Dazu werden wir aber Hawkings physikalischen Begriffe sehr sorgfältig untersuchen müssen. Wir werden sehen, daß sie vom theologischen Begriff der Schöpfung zu unterscheiden sind.

Wenn wir nur die Allgemeine Relativitätstheorie voraussetzen, ist die Frage nach dem Anfang durch die Singularitätssätze von Penrose und Hawking eindeutig beantwortet (vgl. Kap. 4). Wenn wir auf der Zeitachse in den heißen Urzustand des Universums zurückkehren, dann ballen sich in einem immer kleiner werdenden Volumen rapide wachsende Energien zusammen. Bei einem immer winziger werdenden Durchmesser kommt es zu extrem großer Raumkrümmung verbunden mit wachsender Gravitationskraft. Sie führt zwangsläufig zum Grenzbegriff einer Punktsingularität, in der alle physikalischen Größen divergent werden, d. h. Ausdehnung Null mit unendlicher Energie. Es ist wie das Lehrstück vom Zusammenfall aller Gegenstände (coincidentia oppositorum) des spätmittelalterlichen Kardinals und Mathematikers Nikolaus Cusanus. Die Allgemeine Relativitätstheorie gibt also präzise einen Anfangspunkt der kosmologischen Zeit an, ohne aber physikalisch etwas über diesen Anfang aussagen zu können. Das mag für manchen Theologen sympathisch klingen. Für einen Mathematiker ist es das Eingeständnis, daß eine Theorie an die Grenzen ihrer Berechenbarkeit gestoßen ist.

Dabei haben wir allerdings die Rechnung ohne die Quantenmechanik gemacht. Bei unserer Reise zurück auf der Zeitachse geraten wir nämlich in ein winziges Universum im Größenbereich des Planckschen Wirkungsquantums, in dem die Gesetze der Quantenmechanik herrschen. Je genauer eine Ortsbestimmung in einem immer kleiner und dichter werdenden Universum wird, um so mehr können Geschwindigkeiten nach der Heisenbergschen Unbestimmtheitsrelation streuen. Es gibt keine exakte Lichtgeschwindigkeit mehr, die wie im Lichtkegel von Abb. 4 zeitartige und raumartige Ereignisse scharf voneinander trennt. Wie bei der Hawking-Strahlung Schwarzer Löcher kann es zu Quantenfluktuationen kommen, in denen virtuelle Teilchen mit Überlichtgeschwindigkeit aufflackern und wieder verschwinden. Wie wir aber aus der Relativitätstheorie wissen, wird bei raumartigen Ereignissen mit Überlichtgeschwindigkeit (vgl. Abb. 4) die Zeitfolge in früher und später unbestimmt. Das Universum verliert in diesem Zustand seine Zeitbestimmung und besteht nur noch raumartig und zeitlos. In einem solchen Zustand macht die Rede von einem Anfang physikalisch keinen Sinn. Es ist eine mathematische Fiktion der Allgemeinen Relativitätstheorie. Wir reisen also zurück in der Zeit in einen Quantenkosmos winziger, aber endlicher Ausdehnung, in dem sich die Zeitachse immer mehr raumartig aufzulösen beginnt. Es ist die Suche nach der verlorenen Zeit in einem zeitlos verharrenden Quantenzustand.

Nach Lindes Theorie chaotischer Inflation sind viele Universen denkbar, die sich aus frühen Urzuständen entwickelt haben könnten. Hawking will daher von vornherein einen Urzustand auszeichnen, aus dem sich möglichst präzise nur der Zustand unseres heutigen beobachtbaren Universums voraussagen läßt. Kein Mensch war damals dabei, so daß uns nur die Überprüfung der heute beobachtbaren Konsequenzen bleibt. Der Anfangszustand des Universums sollte jedoch nach den Gesetzen der Quantenmechanik immer berechenbar sein. Daher müssen Punkte, Ecken und Ränder (‚Singularitäten') in der Raum-Zeit ausgeschlossen werden, an denen die Voraussagbarkeit wie im relativistischen Urknallmodell zusammenbrechen würde. Bei seinem Vortrag im Vatikan von 1981 schlägt Hawking einen solchen singularitätsfreien Urzustand des Universums vor, den er 1983 zusammen mit Jim Hartle näher ausarbeitet. Wir sprechen im folgenden von der Keine-Grenzen-Hypothese.

Um diesen Urzustand zu bestimmen, faßt Hawking die Quantenmechanik nach der bereits erwähnten ‚Pfadintegralmethode' von Feynman als ‚Aufsummierung von Möglichkeiten' auf. In der Quantenmechanik können nur Wahrscheinlichkeitsaussagen über mögliche Wege von Teilchen in der Raum-Zeit gemacht werden. Daher wird jeder mögliche Verbindungspfad zwischen zwei Ereignissen in der Raum-Zeit mit mehr oder weniger großen Wahrscheinlichkeiten gewichtet. Hawking schließt jedoch auf Grund seiner Keine-Grenzen-Hypothese von vornherein alle Pfade aus, die an Punkte, Ecken oder Ränder (‚Singularitäten') der Raum-Zeit stoßen, an denen die Voraussagbarkeit zusammenbrechen könnte. Aus der Summe (‚Pfadintegral') der Bewertungen aller singularitätsfreier Pfade ergibt sich die Wahrscheinlichkeit, mit der sich ein Teilchen von einem Ort zum anderen bewegt. Der singularitätsfreie Urzustand des Universums ist dann durch die Summe aller Verbindungsmöglichkeiten zwischen allen möglichen Orten einer singularitätsfreien Raum-Zeit bestimmt. Wie Hawking später zeigt, enthält dieser Urzustand nur die Entwicklungsmöglichkeit des heutigen Universums.

Der entsprechende Summenausdruck läßt sich aber nicht berechnen, solange die Zeit wie üblich durch reelle Zahlen angegeben wird. Hawking schlägt deshalb vor, die reellen Zahlen zur Zeitbestimmung durch imaginäre Zahlen zu ersetzen. Zur Erinnerung: Das Quadrat sowohl von positiven als auch negativen reellen Zahlen gibt immer eine positive reelle Zahl. Eine imaginäre Zahl ist eine solche Zahl, deren Quadrat eine negative reelle Zahl ergibt. Man definiert daher die imaginäre Zahl i durch $i^2 = -1$. Dann lassen sich alle imaginären Zahlen auf einem imaginären Zahlenstrahl als reelle Vielfache von i ordnen wie z. B. …, -3i, -2i, -i, 0, +i, +2i, +3i, … analog der Ordnung der reellen Zahlen wie z. B. …, -3, -2, -1, 0, +1, +2, +3, …

Der Austausch der reellen Zeitwerte t durch imaginäre Zeitwerte it ist also zunächst nur ein mathematischer Trick, um den Quantenzustand des Universums berechnen zu können. Alle Spekulationen, die vor allem einige Philosophen über ‚imaginäre' Zeit im Unterschied zur ‚realen' Zeit aufgestellt haben, sind daher unsinnig. Imaginäre Zahlen sind präzise mathematische Begriffe, die sich überall in Physik und Technik bewährt haben. Ebenso könnte man auch über ‚negative' Zahlen spekulieren, was wohl ‚weniger als Nichts' sei: Wenn wir jedoch unser Konto mit 1000 DM überzogen haben, schließlich 3000 DM überwiesen bekommen und danach unser Kontostand doch nur 2000 DM anzeigt, dann hat auch der letzte Zeitgenosse verstanden, was ‚1000 weniger als Nichts' bedeutet.

Bemerkenswert sind jedoch die Konsequenzen für die Raum-Zeit eines Universums, wenn die reelle durch die imaginäre Zeit ersetzt wird. Als einfaches Beispiel betrachten wir die Lorentz-Metrik der Minkowski-Raum-Zeit in der Speziellen Relativitätstheorie (vgl. Abb. 4 im Kap. 3). Als Lorentz-Metrik hat sie die Vorzeichenfolge +++– mit einem Minuszeichen vor dem reellen Zeitquadrat t^2. Ersetzen wir nun t durch it, so ergibt sich $i^2t^2 = -t^2$. Mit dem zusätzlichen Minuszeichen aus der Lorentz-Metrik +++– ergibt sich also $--t^2 = +t^2$, d. h. die Lorentz-Metrik +++– verwandelt sich in eine Euklidische Metrik ++++. Durch diese Ersetzung wird die Zeit ununterscheidbar von den Richtungen im Raum. Die positive Metrik (mit Zahlen größer als Null) bestimmt in Abb. 4 die raumartigen Ereignisse. In imaginärer Zeit, so können wir geometrisch sagen, wird das Universum raumartig.

Analog wird Hawkings Quantenwelt nach der Keine-Grenzen-Hypothese raumartig, wenn die reelle durch die imaginäre Zeit ersetzt wird. Aus der vierdimensionalen Raum-Zeit wird ein vierdimensionaler Raum ohne Grenzen und Singularitäten, der endlich in seiner Ausdehnung ist. Bei vierdimensionalen Räumen versagt zwar unsere Anschauung. Zweidimensionale Flächen ohne Grenzen und Singularitäten von endlicher Ausdehnung sind uns aber wohlvertraut. Wir können uns eine Kugeloberfläche von endlicher Ausdehnung vorstellen, auf der wir an keine Grenzen stoßen und kein Punkt ausgezeichnet ist. Jeder beliebige Punkt könnte z. B. als Nordpol gewählt werden, von dem sich Breitenkreise bis zum Äquator ausbreiten, um sich dann wieder auf den diametral gegenüberliegenden Südpol zusammenzuziehen. In diesem Sinn hat die Kugeloberfläche keinen Anfang und kein Ende. Analog gibt es in der vierdimensionalen raumartigen Quantenwelt nach Hawkings Keine-Grenzen-Hypothese weder Anfang noch Ende oder sonstige Singularitäten (wie z. B. Schwarze Löcher). Es ist eine Welt höchster Regularität, Ordnung und Symmetrie wie die glatte Oberfläche einer Kugel im zweidimensionalen Fall. In imaginärer Zeit hätte diese Welt immer schon bestanden.

Tatsächlich kann es aber nach den Gesetzen der Quantenmechanik keinen vollkommen glatten und gleichförmigen Zustand geben, in dem alle Unebenheiten auf exakt Null geschrumpft sind. Nach der Heisenbergschen Unbestimmtheitsrelation müssen winzige Abweichungen im Größenbereich des Planckschen Wirkungsquantums angenommen werden, die mit Quantenfluktuationen virtueller Teilchen verbunden sind. Dabei werden virtuell zeitartige und raumartige Ereignisse unterscheidbar. Nach Hawkings Keine-Grenzen-Hypothese lösen die Quantenfluktuationen ein inflationäres Wachstum des Universums wie in Lindes Modell aus. Ab diesem Moment kann die weitere Entwicklung des Universums durch die reelle Zeit beschrieben werden. Nach der Inflationsphase würde sich das Universum nach dem Standardmodell zu dem Zustand ausdehnen, den wir heute kennen. Es wäre im großen und ganzen sehr homogen und würde nach jeder Richtung gleich aussehen. Die lokalen Unregelmäßigkeiten der Galaxien und Sterne im heutigen Universum hätten sich während der Expansion aus den winzigen Abweichungen im nahezu gleichförmigen Urzustand herauskristallisiert.

Während das Universum nach dem Standardmodell in reeller Zeit aus einer Punktsingularität expandiert (vgl. Abb. 8), nimmt

Hawking also einen singularitätsfreien Urzustand in imaginärer Zeit an, dem sich Inflationsphase und Standardexpansion in reeller Zeit anschließen. Anschaulich können wir uns den nahezu glatten Urzustand in imaginärer Zeit als Halbkugel vorstellen (Abb. 16), an deren Äquator die inflationäre Expansion in reeller Zeit einsetzt. Dort wird die Euklidische Metrik der imaginären Zeit durch eine Lorentz-Metrik der reellen Zeit ersetzt. An dieser Stelle wird die Gravitation von der vereinigten GUT-Kraft (Abb. 14) unterscheidbar.

Wie auf der glatten Oberfläche der Halbkugel läßt sich im Urzustand des Hawking-Universums kein Anfangspunkt auszeichnen. Wenn es keinen Anfang in der Zeit gibt, dann, so argumentiert Hawking, ist auch kein Schöpfungsakt notwendig. Der singularitätsfreie Urzustand hat in imaginärer Zeit immer schon bestanden. Er genügte vollständig, damit sich daraus unsere heutige Welt gesetzmäßig entwickelt. Irgendwelche zusätzlichen Eingriffe oder Nebenbedingungen sind überflüssig. Diese Feststellung wirkte auf einige Frommen im Lande (wie z. B. Hawkings Frau Jane) provozierend. Tatsächlich setzt Hawking aber auf jeden Fall die Gesetze der Quantenmechanik voraus. Bereits Galilei hatte

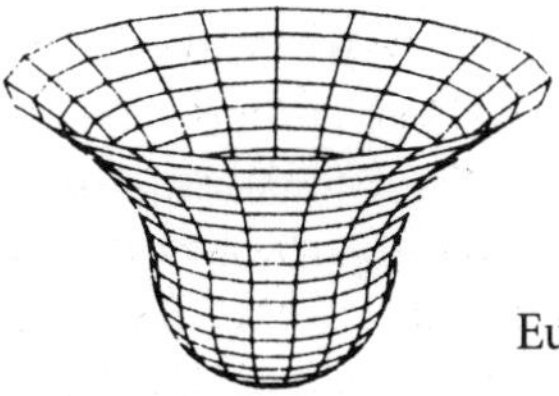

Abb. 16: *Nach der Keine-Grenzen-Hypothese entwickelt sich das Universum in reeller Zeit aus einem raumartigen Urzustand, für den es in imaginärer Zeit keinen Anfang gibt.*

davon gesprochen, daß die physikalischen Gesetze der Welt die Gedanken Gottes seien. Um diese göttlichen Gedanken aber zu verstehen, so fügte Galilei hinzu, muß man nicht Hebräisch studieren, sondern Mathematik. Gott war für Galilei als Begründer der neuzeitlichen Physik ein Mechaniker und Geometer. Ein moderner Theologe könnte nun Gott als Quantenmechaniker auffassen, der im Sinne Hawkings nach seinen Gesetzen einen singularitätsfreien Urzustand des Universums zuläßt. Hier ist allerdings Vorsicht geboten. Für den modernen Physiker sind die Prinzipien der Quantenwelt keine geoffenbarten Naturgesetze, sondern bestens bestätigte Grundannahmen der Quantentheorie – nicht mehr und nicht weniger. Niemand weiß, ob sie nicht irgendwann revidiert werden müssen, wie die Gesetze der Klassischen Physik, als die Quantenphysik eingeführt wurde.

Der große Vorteil von Hawkings singularitätsfreiem Urszenario besteht darin, daß im Unterschied zum Urknallmodell überall die Gesetze der Quantenmechanik gelten und Voraussagen möglich sind. Diese Voraussagen stimmen außerordentlich gut mit Eigenschaften des heute beobachtbaren Universums überein. So hat zwar das Universum nach der Keine-Grenzen-Hypothese in einem singularitätsfreien gleichförmigen Urzustand endlicher Ausdehnung begonnen. Nach Heisenbergs Unbestimmtheitsrelation müssen aber kleinstmögliche Ungleichheiten vorgelegen haben, die sich in der anschließenden Inflationsphase so verstärkt haben, bis sie groß genug waren, um heute beobachtbare Strukturen zu erklären. 1992 hat der Satellit Cosmic Background Explorer (COBE) erstmals sehr geringfügige richtungsabhängige Intensitätsschwankungen der Mikrowellenhintergrundstrahlung entdeckt. Diese Rückstandsstrahlung stammt aus der heißen Urphase des Universums. Die gemessenen Abweichungen stimmten außerordentlich gut mit den Berechnungen der Keine-Grenzen-Hypothese überein. Hawking faßte daher die Entdeckungen von COBE als wesentliche Bestätigung seiner Keine-Grenzen-Hypothese auf.

In einem expandierenden Universum, in dem die Dichte der

Materie ortsabhängig kleinen Schwankungen unterworfen war, verlangsamte sich in den dichteren Regionen auf Grund der stärkeren Gravitation die Expansion und ging in Kontraktion über. Das war die Ursache für die Bildung von galaktischen Strukturen, in denen sich schließlich Sterne und Planeten herauskristallisierten. Nach der Keine-Grenzen-Hypothese würde das Universum also in einem weitgehend glatten und geordneten Zustand (soweit das überhaupt nach der Quantenmechanik möglich ist) beginnen und während der Expansionsphase immer inhomogener, irregulärer und ungeordneter im Sinne großer galaktischer Strukturunterschiede werden. Hawkings Keine-Grenzen-Hypothese begründete daher einen kosmischen Zeitpfeil von hoher Anfangsordnung hin zu zunehmender Unordnung. Vergangenheit und Zukunft des Universums werden unterscheidbar.

Das mag zunächst überraschen, da die Gesetze der Klassischen Physik, Relativitätstheorie und Quantenmechanik zeitsymmetrisch sind und nicht zwischen Vergangenheit und Zukunft unterscheiden. Sie bleiben aber nicht nur bei der mit T (engl. Time) bezeichneten Umkehr der zeitlichen Bewegungsrichtung aller Teilchen unverändert. Auch bei Ersetzung C (engl. Charge) aller Ladungen von Teilchen durch ihre entgegengesetzte Ladung, also aller Teilchen durch ihre Antiteilchen, und bei Ersetzung P (engl. Parity) aller räumlichen Richtungen durch ihre entgegengesetzten spiegelbildlichen Richtungen bleiben die Gesetze unverändert (‚invariant'). Ebenso lassen die Gesetze eine Kombination aller Operationen C, P und T zu, wie in dem berühmten CPT-Theorem der Quantenmechanik von Wolfgang Pauli u. a. bewiesen wurde. Anschaulich besagt das CPT-Theorem, daß es neben Lebewesen wie wir, die aus Materie bestehen und altern, auch solche geben könnte, die aus Antimaterie bestehen (C), unser Spiegelbild sind (P) und sich verjüngen (T). Wenn die Gesetze auch bei einer Kombination von C und P unverändert bleiben, dann folgt aus dem CPT-Theorem logischerweise auch die Zeitsymmetrie bei Umkehrung T der Zeitrichtung.

Trotzdem erleben wir in reeller Zeit des Alltags den Unterschied von Vergangenheit und Zukunft. Wenn ein wohlgeordnetes Gerät wie eine Uhr von einem Tisch zu Boden stürzt, dann zerspringt es in viele ungeordnete Einzelteile. Die Umkehrung, daß sich die ungeordneten Einzelteile am Boden spontan wieder auf dem Tisch zu einer geordneten Uhr zusammensetzen, läßt sich zwar in einem rückwärtslaufenden Film zeigen, wurde aber nie in der physikalischen Realität beobachtet. Der 2. Hauptsatz der Thermodynamik nimmt daher an, daß in einem abgeschlossenen System, das nicht in Energie- und Stoffaustausch mit seiner Umwelt steht, die Unordnung bzw. Entropie mit der (reellen) Zeit zunimmt. Geordnete Zustände sind kombinatorisch extrem unwahrscheinlich verglichen mit der Vielzahl ungeordneter Zustände. Daher ist der 2. Hauptsatz auch ein statistisches Gesetz, das den Übergang von einem extrem unwahrscheinlichen geordneten Zustand in den wahrscheinlichen Zustand der Unordnung annimmt. Die Umkehrung von Unordnung in Ordnung ist nach dem 2. Hauptsatz nicht prinzipiell ausgeschlossen, aber extrem unwahrscheinlich. Der 2. Hauptsatz beschreibt daher einen globalen thermodynamischen Zeitpfeil. Insgesamt (global) nimmt die Entropie in einem abgeschlossenen System zu, obwohl lokale Ordnungen und Entropieabnahmen nicht ausgeschlossen sind.

Nach der Keine-Grenzen-Hypothese entwickelt sich das Universum global von hoher Ordnung hin zu zunehmender Unordnung. Dieser kosmische Zeitpfeil ist nach Stephen Hawking der tiefere Grund für den thermodynamischen Zeitpfeil des 2. Hauptsatzes. Allerdings war ihm diese Konsequenz nicht vollständig klar. Hawkings Universum ohne Grenzen und von endlicher Ausdehnung läßt nämlich den Fall zu, daß es sich nach maximaler Expansion aufgrund der dann dominierenden Gravitation wieder zusammenzieht und in reeller Zeit kollabiert. In einer Arbeit von 1985 nahm Hawking zunächst an, daß das Universum in einer Kontraktionsphase wieder in einen geordneten und gleichmäßigen Zustand zurückkehren würde. In diesem Fall würden sich der kosmische Zeitpfeil umkehren, zerborstene Uhrenteile spontan wieder zusammensetzen und Menschen verjüngen.

Hawkings Kollege Don Page konnte ihn überzeugen, daß die Keine-Grenzen-Hypothese nicht notwendig zu diesen Schlüssen führen muß. Hawking hat seine Annahme von 1985 später als seinen größten Fehler bezeichnet, den er mit Einsteins ‚größter Eselei' bei der Einführung der kosmologischen Konstante verglich. Mit seinen Mitarbeitern Raymond Laflamme und Glenn Lyons (1992) rechnete er aus, wie sich die winzigen Störungen und Dichtefluktuationen in der Euklidischen Anfangsphase des Universums (Abb. 16) im Lorentzschen Gebiet der Expansion und Kontraktion aufschaukeln und vergrößern. Am Anfang war hohe Ordnung und am Ende ist hohe Unordnung. Auch beim Kollaps eines Sterns in ein Schwarzes Loch nimmt die Entropie dieser Region keineswegs ab (vgl. Kap. 4). In der Endphase eines kollabierenden Universum stürzen ausgebrannte Sterne in Schwarzen Löchern zusammen, und alle Atome und ihre Kerne werden wieder zerstrahlen. Schließlich wird ein ausgebranntes Universum in einem großen Schwarzen Loch verschluckt.

In dieser Kontraktionsphase wäre also die Existenz eines uns bekannten Lebens von komplex organisierten Kohlenstoffwesen, die auf Nahrung als Energie in geordneter Form angewiesen sind, kaum möglich. Wenn also das Modell eines zunächst expandierenden und schließlich kollabierenden Universums zutrifft, dann würden wir uns heute kaum in der Kontraktionsphase befinden. Neueste Messungen der Materieverteilung sprechen aber dafür, daß wir in einem flachen Universum mit nahezu Krümmung Null leben. Nach den kosmischen Standardmodellen ist ein flaches Universum offen und expandiert ewig in reeller Zeit (Abb. 8). Aber auch in diesem Fall stürzen ausgebrannte Sterne in Schwarzen Löchern zusammen und zerfallen zu kosmischer Asche in einem endlos expandierenden Universum wachsender Unordnung und Entropie. In the long run haben offene wie geschlossene Universen wenig Tröstliches für das Leben zu bieten.

Stephen Hawking hat nie einen Zweifel daran gelassen, daß seine Keine-Grenzen-Annahme eine Hypothese ist. Logisch handelt es sich also um eine Wenn-Dann-Aussage: Wenn die Annahme eines Euklidischen Uruniversums ohne Grenzen und von endlicher Ausdehnung zutrifft, dann folgen daraus logisch-mathematische Voraussagen über das heute beobachtbare Universum. Treffen diese Voraussagen zu, dann ist die vorausgesetzte Keine-Grenzen-Hypothese zwar in diesen Fällen bestätigt, aber logisch keineswegs zwingend wahr. Würde allerdings eine Voraussage nicht zutreffen, dann würde dadurch die Keine-Grenzen-Hypothese logisch widerlegt bzw. falsifiziert. Stephen Hawking äußert daher große Sympathie für den Philosophen und Wissenschaftstheoretiker Karl Popper, der eine Falsifikationsstrategie für den Erkenntnisfortschritt vorschlägt. Danach sind Gesetze und Theorien kühne Erfindungen von Wissenschaftlern, die sich so lange bewähren, wie abgeleitete Prognosen zutreffen. Bei ihrer Widerlegung sind sie fallenzulassen, um neue Hypothesen aufzustellen. Wissenschaftliche Hypothesen müssen jedoch im Unterschied zu unseriösen Spekulationen (wie z. B. Astrologie) kritisierbar, oder, wie Popper sagt, falsifizierbar sein. Eine Hypothese heißt falsifizierbar, wenn es Verfahren der Widerlegung (Falsifizierung) gibt. Im Fall der Keine-Grenzen-Hypothese handelt es sich um die Messungen und Beobachtungen mit Satelliten und Observatorien, mit denen gefolgerte Prognosen bestätigt oder widerlegt werden könnten.

Große Gesetze in der Geschichte der Physik hatten aber meistens noch ein anderes Gütesiegel. So sind die Keplerschen Planetengesetze nicht nur mehr oder weniger brauchbare Verallgemeinerungen aus den Keplerschen Beobachtungstabellen, die sich in den Prognosen der Astronomen bis heute bewährt haben. Sie folgen vielmehr zusätzlich mathematisch zwingend aus den Newtonschen Gesetzen der Mechanik und Gravitationstheorie. Sie sind also durch eine übergeordnete Theorie erklärt, aus der zusätzlich der gesamte Erfahrungsbestand der Klassischen Physik von z. B. der Uhrenmechanik über die Stoßgesetze und Ballistik bis zu den

Gezeiten von Ebbe und Flut abgeleitet werden kann. Dieses Gütesiegel fehlt Hawkings Keine-Grenzen-Hypothese. Es würde voraussetzen, daß wir bereits über eine vereinigte Gravitations- und Quantentheorie verfügen, aus der ein Gesetz über den Urzustand des Universums ableitbar wäre.

6. Auf der Suche nach der Weltformel – Supersymmetrien, Superstrings und Quantenbits

Die Suche nach einer Weltformel, aus der alle Erscheinungen zu erklären seien, ist so alt wie die menschliche Wissenschaft. Bereits in der griechischen Kosmologie wird Symmetrie als forschungsleitendes Prinzip verwendet, um die Vielfalt der Erscheinungen auf wenige einfache und reguläre Grundstrukturen zurückzuführen. In der griechischen Astronomie wird die gleichförmige Rotation der Sphären als wahre Grundbewegung der Planeten angenommen. Beobachtete Irregularitäten wie die rückläufige Bewegung von Planeten galten als ‚scheinbar' und sollten z. B. durch ineinandergeschachtelte Epizyklen auf gleichförmige Kreisbewegungen zurückgeführt werden (vgl. Kap. 2). Platon sprach daher von einer Rettung der Phänomene, die geometrisch eine Rettung der Symmetrie (im Sinne gleichförmiger Kreisbewegung) bedeutet.

Auch die damals angenommenen fünf Elemente von Feuer, Wasser, Luft, Erde und der Baustein der himmlischen Sphären wurden von Platon durch die fünf regulären Körper der Euklidischen Geometrie, nämlich Tetraeder, Oktaeder, Ikosaeder, Würfel und Dodekaeder, illustriert. In Platons Dialog *Timaios* findet sich sogar eine Art ‚chemischer' Analyse und Synthese, in der einige reguläre Körper in ihre Elementardreiecke zerlegt werden, um sie zu geometrischen Bausteinen neuer Stoffe wieder zusammenzusetzen.

Die Annahme symmetrischer Grundstrukturen des Universums zieht sich wie ein roter Faden durch die Wissenschafts- und Geistesgeschichte und wird in der heutigen Kosmologie unter den Bedingungen der mathematischen Gruppentheorie, Relativitätstheorie und Quantenmechanik neu präzisiert. Mathematisch werden Symmetrien durch Automorphismen definiert, d. h. Selbstabbildungen von Figuren, Räumen etc., die ihre Struktur invariant (unverändert) lassen. So bleiben reguläre Vielecke bei Rotation um geeignete Winkel oder Spiegelung an Spiegelungsachsen in ihrer Form unverändert. Die Hintereinanderausführung solcher Automorphismen erfüllen die Axiome einer mathematischen Gruppe. Daher ist die Symmetrie einer Figur, eines Körpers und allgemein einer mathematischen Struktur durch ihre Automorphismengruppe bestimmt.

Auch physikalische Raum-Zeit-Strukturen lassen sich durch Symmetrien charakterisieren. So bedeutet Galilei-Invarianz, daß die Form der Bewegungsgleichungen unverändert bleibt, wenn die Raum-Zeit-Koordinaten verschiedener Bezugssysteme durch die Transformationen der Galilei-Gruppe berechnet werden. Beispiele von Galilei-Transformationen sind räumliche Verschiebungen und Dehnungen. Die Zeittransformation der Galilei-Gruppe läßt die Zeitkoordinaten von Bezugssystemen im Sinne der absoluten Zeit Newtons unverändert. Dem Relativitätsprinzip der Klassischen Physik, wonach alle gleichförmig und geradlinig zueinander bewegten Trägheitssysteme (‚Galilei-Systeme‘) gleichwertig sind (vgl. Kap. 2), entspricht also die raum-zeitliche Symmetrie der Galilei-Invarianz. Anschaulich bringt diese Raum-Zeit-Symmetrie die Objektivität der klassischen Naturgesetze zum Ausdruck, die überall und zu jeder Zeit gelten, sofern wir sie in Bezugssystemen der Klassischen Physik prüfen.

In der Speziellen Relativitätstheorie werden die Galilei-Systeme durch sogenannte Lorentz-Systeme ersetzt, die nicht nur das Relativitätsprinzip der Klassischen Mechanik, sondern auch das Konstanzprinzip der Lichtgeschwindigkeit aus der Elektrodynamik erfüllen (vgl. Kap. 3). Die Transformationen der Koordinatenumrechnung von einem Lorentz-System zum anderen heißen Lorentz-Transformationen. Sie haben z. B. die Abhängigkeit der Zeitmessung in einem Bezugssystem von seiner Geschwindigkeit zur

Folge, also die Aufgabe der absoluten Zeit Newtons, und bilden zusammen die Lorentz-Gruppe. Lorentz-Invarianz der Speziellen Relativitätstheorie bedeutet, daß die Form ihrer Bewegungsgleichungen unverändert bleibt, wenn die Raum-Zeit- Koordinaten verschiedener Lorentz-Systeme durch Lorentz-Transformationen berechnet werden. Bei Klassischer Mechanik und Spezieller Relativitätstheorie spricht man von einer globalen Raum-Zeit-Symmetrie, d. h., die Form der Gleichungen bleibt invariant, falls alle Koordinaten gleichzeitig transformiert werden. Analog bleibt die Form einer Kugel bei Rotation invariant, falls alle Punktkoordinaten der Kugeloberfläche um den gleichen Winkel verändert werden (Abb. 16b).

Im Unterschied zur Speziellen berücksichtigt die Allgemeine Relativitätstheorie Gravitationskräfte, die Beobachter in lokal beschleunigten Bezugssystemen registrieren. In unserer geometrischen Sprache werden die lokalen Abweichungen von der globalen Symmetrie aufgrund von Beschleunigungen durch Kraftfelder kompensiert, um die Forminvarianz der Gravitationsgleichung zu garantieren. Analog entstehen auf einer Kugeloberfläche lokale Verzerrungen durch lokale Veränderungen von Koordinaten (Abb. 16c). Die Form der Kugel wird vor dem ‚Zerreißen' durch die Annahme lokaler Spannungskräfte bewahrt. Daher sagt man auch, daß Gravitationskräfte in der Allgemeinen Relativitätstheorie durch den Übergang von globaler zu lokaler Symmetrie eingeführt werden. Dieser Grundgedanke, nämlich physikalische Kräfte durch den Übergang von globaler zu lokaler Symmetrie einzuführen, läßt sich für die Entstehung der elektromagnetischen, schwachen und starken Wechselwirkung verwenden.

Im Unterschied zur äußeren Symmetrie raum-zeitlicher Symmetrie sprechen wir nun über die innere Symmetrie von physikalischen Wechselwirkungen und der daran beteiligten Elementarteilchen und Felder. Seit Anfang des 20. Jahrhunderts versuchten Physiker und Mathematiker eine einheitliche Theorie der Gravitationskraft und elektromagnetischen Kraft zu entwickeln, die noch

Abb. 17: *Form-Invarianz einer Kugel (a) bei globaler (b) und lokaler (c) Symmetrie*

bis in die 20er Jahre als die beiden einzigen Grundkräfte der Natur galten. Hermann Weyl benutzte bei seinem Vorschlag von 1918 die mathematische Technik der Eichsymmetrien, die zwar im konkreten Fall der Gravitation und des Elektromagnetismus versagte, aber später auf der Grundlage der Quantenmechanik zu erfolgreichen Vereinigungen von einigen neu entdeckten physikalischen Kräften führte. Diese Eichsymmetrien sollen nun erklärt werden.

Das Grundthema der Quantenelektrodynamik ist die Wechselwirkung von Materieteilchen (z.B. Elektronen) bzw. Materiewellenfeldern mit elektromagnetischen Feldern. Ein elektrisches Feld kann anschaulich auf Ladungen zurückgeführt werden. Wenn alle Ladungen ruhen, entsteht bekanntlich kein Magnetfeld. Für das ruhende elektrische Feld liegt globale Symmetrie vor: Wenn das elektrische Potential bei allen ruhenden Ladungen durch eine Symmetrietransformation um den gleichen Betrag verändert wird, ändert sich das elektrische Feld nicht. Die Eigenschaften des elektrischen Feldes hängen nämlich nicht vom absoluten Potential, sondern den Potentialdifferenzen ab. Diese globale Symmetrie des elektrischen Feldes ist aus dem Alltag wohlbekannt. Aus diesem Grund kann ein Vogel auf einer Hochspannungsleitung sitzen. Schaden entsteht erst, wenn die Spannungsdifferenzen verändert werden. Der Vogel fällt tot von der Leitung, wenn er einen geerdeten Mast berührt.

Werden Ladungen bewegt, entstehen magnetische Felder, deren Verteilung insgesamt durch das magnetische Potential des elektrischen Feldes beschrieben wird. Jede lokale Änderung des elektrischen Potentials kann mit einer Änderung des magnetischen Potentials kompensiert werden, so daß das elektromagnetische Feld insgesamt unverändert (‚invariant') bleibt. Das leisten die Eichtransformationen.

Analog läßt sich nun die elektromagnetische Wechselwirkung durch eine lokale Symmetrie von Materiefeldern, z. B. von Elektronen, erklären. Um allgemein die lokale Symmetrie des Elektronenfeldes zu garantieren, müßte ein Feld bewirken, daß die meß- und beobachtbaren Eigenschaften der Elektronenfelder unverändert bleiben, wenn an beliebigen Orten und zu beliebigen Zeitpunkten Phasenverschiebungen vorgenommen werden. Das leistet gerade das elektromagnetische Feld. In der Sprache von Weyl kann das elektromagnetische Feld als ‚Eichfeld' bezeichnet werden. Es garantiert nämlich die Symmetrie des Elektronenfeldes auch dann, wenn seine Phasen lokal unterschiedlich ‚geeicht' werden. Diese Phasenverschiebungen entsprechen mathematisch U(‚unitäre')-Transformationen. Ihre Symmetriegruppe wird mit U(1) bezeichnet, da eine elektromagnetische Wechselwirkung nur mit einer Art von Teilchen (z. B. Elektronen) zu einem gegebenen Zeitpunkt stattfindet. Man sagt daher auch: Die elektromagnetische Wechselwirkung wird durch den Übergang von einer globalen zu einer lokalen U(1)-Symmetrie eingeführt.

Die schwache Wechselwirkung findet demgegenüber mit zwei Arten von Teilchen statt und wird daher mit einer SU(2)-Gruppe beschrieben. Ein Teilchen der einen Art kann dabei in ein Teilchen der anderen Art transformiert werden. Bekanntes Beispiel ist der β-Zerfall: Ein Neutron wird in ein Proton (nach Emission eines Elektrons und Antineutrinos) verwandelt.

Bereits in den 50er Jahren wurde eine Symmetrieverletzung der schwachen Wechselwirkung entdeckt. Während die elektromagnetische Wechselwirkung räumlich spiegelungsinvariant ist, verletzten Elementarteilchen der schwachen Wechselwirkung (Leptonen) die Parität P: Es gibt nämlich nur Neutrinos mit linksdrehendem Spin und keine mit rechtsdrehendem. Trotz solcher und anderer Unterschiede der schwachen und elektromagnetischen Wechselwirkung schlugen Steven Weinberg, Abdus Salam und John C. Ward einen Vereinigungszustand beider Kräfte vor und gingen dabei von einer Symmetriehypothese aus. Sie nahmen an, daß in einem hypothetischen Anfangszustand hoher Energie schwache und elektromagnetische Wechselwirkungen ununterscheidbar sind und in diesem Sinne eine gemeinsame Kraft bilden, die mathematisch durch eine verbundene SU(2)xU(1)-Symmetrie beschrieben wird (vgl. Abb. 14). 1983 konnten diese Symmetriezustände mit hohem Energieaufwand im Genfer Forschungsinstitut CERN realisiert werden. Bei kritischen Werten niedrigerer Energie bricht die Symmetrie spontan in zwei Teilsymmetrien U(1) und SU(2) auseinander, die der elektromagnetischen und schwachen Wechselwirkung entsprechen. Wie in Kapitel 5 gezeigt wurde, tritt diese spontane Symmetriebrechung durch Wechselwirkung der Trägerteilchen (Bosonen) der elektroschwachen Kraft mit einem Higgs-Feld ein.

Allerdings ist das Konzept der spontanen Symmetriebrechung aus vielen physikalischen Bereichen bekannt: Ein (mathematisch vollkommenes) Ei besitzt in bezug auf seine Längsachse Rotations- und Spiegelungssymmetrie. Stellt man es senkrecht auf eine Tischplatte und überläßt es sich selber, so rollt es auf die Seite und bleibt in irgendeiner Richtung liegen: Die Symmetrie des Eis relativ zur senkrechten Achse auf dem Tisch ist gebrochen, wobei die Symmetrie der Eischale erhalten bleibt. Die Symmetriebrechung ist spontan, da die Orientierungsrichtung, in der das Ei schließlich liegenbleibt, nicht voraussagbar war. Die Ursache ist in diesem Fall die Gravitation der Erde, die das Ei einen energetisch günstigeren Zustand einnehmen läßt: Der symmetrische Zustand relativ zur senkrechten Achse der Tischplatte war energetisch nicht stabil.

Ein weiteres Beispiel, bei dem die Symmetrie eines Systems spontan verlorengeht, ist der Übergang eines Ferromagneten in den magnetisierten Zustand. Solange das Material nicht magnetisiert ist, wird keine Raumachse ausgezeichnet. Magnetisiert man aber das Material, so läßt sich eine Raumachse von den anderen durch die Lage der magnetisierten Pole unterscheiden, und die Symmetrie ist gebrochen. Die Elektronen und die Eisenkerne in einem Eisenstab werden durch Gleichungen beschrieben, die rotationssymmetrisch sind. Die (freie) Energie des magnetisierten Stabes ist dabei invariant gegenüber der Festlegung von Nord- bzw. Südpol.

Kennzeichnend für die spontane Symmetriebrechung eines Systems ist die kritische Größe eines Kontrollparameters, der eine physikalische Randbedingung eines Systems (z. B. Energie) repräsentiert. Im Rahmen der physikalischen Kosmologie wird die SU(2)xU(1)-Symmetrie als ein realer Zustand des Universums gedeutet, der in einem bestimmten Entwicklungsstadium unter bestimmten Temperatur- und Energiebedingungen des Universums geherrscht haben muß.

Das Universum selber wird also dabei als gigantisches Hochenergielaboratorium aufgefaßt, dessen Symmetriezustände in unseren irdischen Laboratorien teilweise ‚nachgemacht' werden können. Allerdings beinhaltet die SU(2)xU(1)-Symmetrie insofern keine vollständige Vereinigung der schwachen und elektromagnetischen Kräfte, da sie jeweils für beide Kräfte eine eigene Symmetriegruppe vorsieht, der jeweils eine eigene Koppelungskonstante der beiden Wechselwirkungen entspricht. Um die Einbettung der schwachen und elektromagnetischen Kräfte in eine höhere Symmetriegruppe studieren zu können, muß zunächst die Symmetrie der starken Kraft bestimmt werden.

Heute wird die Vielfalt der Hadronen, die mit starken Kräften wechselwirken, auf die Symmetrieeigenschaften weniger Grundbausteine zurückgeführt. Gemeint sind die sogenannten Quarks, deren Freiheitsgrade als ‚Farbzustände' illustriert werden. So ist ein Baryon (z. B. Proton und Neutron) aus drei Quarks aufgebaut, die durch drei verschiedene Farbzustände ‚Rot', ‚Grün' und ‚Blau' unterschieden sind. Diese Farben sind in dem Sinne komplementär, als ein Hadron neutral bzw. ‚farblos' gegenüber seiner Umgebung ist. Dieser Gesamtzustand bleibt bei globaler Transformation aller Quarks um den gleichen ‚Farbwinkel' erhalten. Allerdings werden bei nur lokalen Veränderungen der Farbzustände einiger Quarks in einem Hadron Eichfelder benötigt, um lokale Symmetrie, d. h. hier die Invarianz bzw. ‚Farblosigkeit' des Hadrons nach außen weiterhin zu garantieren. Mathematisch spricht man in diesem Fall von einer lokalen SU(3)-Symmetrie. Die Ziffer 3 besagt hier, daß es drei Arten von Farbladungen gibt, die durch U-Transformationen ineinander überführt werden können. Das S zeigt an, daß die Summe der Farbladungen in jeder SU(3)-Familie gleich Null ist.

In den quantenmechanischen Theorien der elektromagnetischen, schwachen und starken Kräfte werden zwei Klassen von Elementarteilchen unterschieden. Die Trägerteilchen der Wechselwirkung heißen Bosonen. Die Materieteilchen, zwischen denen diese Wechselwirkungen ausgetauscht werden, heißen Fermionen. So sind Elektronen an der elektromagnetischen Wechselwirkung beteiligt, Leptonen wie das Neutrino an der schwachen Wechselwirkung und Hadronen wie Proton, Neutron und die Quarks an der starken Wechselwirkung. Trägerteilchen der elektromagnetischen Wechselwirkung ist das Photon. Bei der schwachen Wechselwirkung konnten drei Bosonen als Trägerteilchen experimentell nachgewiesen werden, also insgesamt vier Bosonen bei der vereinigten elektroschwachen Wechselwirkung. Bei der starken Wechselwirkung sagt die Quarktheorie acht verschiedene Bosonen voraus, die wegen ihrer starken Bindung zwischen den Quarks auch Gluonen (engl. to glue = kleben, leimen) genannt werden. Fermionen und Quarks unterscheiden sich durch eine grundlegende quantenmechanische Eigenschaft. Fermionen verhalten sich, als ob sie einen inneren Drehimpuls (‚Spin') trügen, der nur halbzahlige Werte ½, ¾, … annehmen kann. Die Einheit dieses quantenmechanischen Drehimpulses ist das durch den Kreisumfang 2π geteilte Plancksche Wirkungsquantum, das mit ℏ bezeichnet wird. Demgegenüber sind Bosonen nur ganzzahlige Vielfache 0, 1, 2, … von ℏ. So sind alle Leptonen und Quarks Spin-½-Teilchen, während das Photon, die Bosonen der schwachen Wechselwirkung und die Gluonen Spin-1-Bosonen sind. Die Teilchen eines Higgs-Feldes haben Spin 0.

Nach der erfolgreichen Vereinigung von elektromagnetischer und schwacher Wechselwirkung wurde die große Vereinigung GUT von elektroschwacher und starker Wechselwirkung angestrebt. Vom Standpunkt der Symmetrie lag es nahe, eine Gruppe zu wählen, in die sich die SU(3)-Symmetriegruppe der starken Kraft und die SU(2)xU(1)-Symmetriegruppe der elektroschwachen Kraft einbetten lassen. Im GUT-Zustand (vgl. Abb. 14) sind die beteiligten Teilchen ununterscheidbar. Daher muß die entsprechende Symmetriegruppe Transformationen enthalten, mit denen die an der elektroschwachen Wechselwirkung beteiligten Leptonen in Quarks als den Bausteinen der Hadronen verwandelt werden können und umgekehrt. Physikalisch werden diese Umwandlungen durch Trägerteilchen realisiert. Ein einfaches Beispiel ist die SU(5)-Symmetriegruppe für drei Quarks und zwei Leptonen. Dabei sorgen die acht Gluonen der starken Wechselwirkung für die Umwandlung der beteiligten Quarks, während die vier Bosonen der elektroschwachen Wechselwirkung die beteiligten Leptonen ineinander umwandeln. Für die Umwandlung der Leptonen in Quarks und umgekehrt sind dann noch zwölf weitere Bosonen (‚X-Teilchen') notwendig. Werden alle beteiligten Teilchen umgewandelt, liegt globale SU(5)-Symmetrie vor. Werden nur einige Teilchen verändert, sind wiederum Eichfelder notwendig, um die lokale SU(3)-Symmetrie zu erhalten. Bei kritischen Werten niedriger Energie bricht die SU(5) spontan in die zwei Teilsymmetrien SU(3) und SU(2)xU(1) auseinander, die der starken und elektroschwachen Wechselwirkung entsprechen. Bei dieser Symmetriebrechung wirkt ein Higgs-Feld mit, aus dem die X-Teilchen analog zu den Bosonen der schwachen Wechselwirkung Massen erhalten.

Für eine Bestätigung der SU(5)-Symmetrie müßten also die X-Teilchen experimentell nachgewiesen werden. Für eine Realisation im Hochenergielabor sind allerdings Energien notwendig, die um 13 Größenordnungen über den Energien zur Erzeugung der Bosonen der elektroschwachen Vereinigung liegen. Naheliegender ist es daher, ein X-Teilchen z. B. beim Zerfall eines Protons zu beobachten, wenn ein Quark in ein Lepton verwandelt wird. Ein Proton hat zwar die ungeheure mittlere Lebenszeit von 10^{31} Jahren. Da aber in ca. 1000t Materie $5x10^{32}$ Protonen und Neutronen sind, von denen ca. 50 pro Jahr zerfallen, könnten einige Protonenzerfälle unter geeigneten störungsfreien Bedingungen beobachtbar sein.

Nach der GUT-Vereinigung von schwacher, starker und elektromagnetischer Kraft muß nun noch die Gravitation miteinbezogen werden. In einer Supersymmetrie aller vier Grundkräfte müßten Einsteins Relativitätstheorie der Gravitation und die Quantenfeldtheorie der GUT-Kräfte vereinigt sein. Quantenmechanisch wird die gravitative Wechselwirkung durch Austausch von Trägerteilchen (‚Gravitonen') zwischen massiven Teilchen vermittelt. Die Fermionpartner der bosonischen Gravitonen heißen ‚Gravitinos'. Im Zustand der Supersymmetrie müßten alle Teilchen ununterscheidbar sein, also insbesondere Fermionen mit halbzahligem Spin und Bosonen mit ganzzahligem Spin.

Eine Supersymmetrietransformation beschreibt die Umwandlung von Boson und Fermion mit benachbarter Spinzahl. Dabei heißt ein Fermion mit der Spinzahl m benachbart zu einem Boson mit Spinzahl n, wenn $m = n \pm \frac{1}{2}$ ist. Bei Anwendung dieser Transformation wird also aus einem Fermion z. B. mit Spin ½ ein Boson mit Spin 1 oder 0. Wendet man diese Transformation erneut auf das Boson an, erhält man wieder ein Fermion. Durch wiederholte Anwendung der Supersymmetrietransformation können also mehrere Fermionen entstehen. Für Fermionen gilt allgemein ein fundamentales Prinzip der Quantenmechanik, das Wolfgang Pauli erstmals am Beispiel der Elektronen entdeckte. Nach dem Pauli-Prinzip dürfen zwei Fermionen nicht denselben Zustand einnehmen. Danach dürfen insbesondere zwei Elektronen eines Atoms nicht dieselbe Quantennummer haben und werden auf unterschiedlichen Schalen um den Atomkern verteilt. Daher darf ein Fermion, das durch wiederholte Supersymmetrietransformation aus einem anderen entsteht, nicht denselben Ort einnehmen.

Eine wiederholte Supersymmetrietransformation ist also zwangsläufig mit einer Ortsverschiebung und mit einer raum-zeitlichen Transformation verbunden. Damit ist die grundlegende Idee der Supersymmetrie erfaßt: Sie verbindet zwangsläufig die innere Symmetrie der Teilchenumwandlung mit der äußeren Raum-Zeit-Symmetrie. Globale Supersymmetrie eines Bosonen-Fermionenfeldes liegt dann vor, wenn seine Gesetze bei gleichzeitiger Umwandlung aller seiner Teilchen unverändert (‚invariant') bleiben. Werden nur einige Teilchen umgewandelt, müssen wieder Eichfelder angenommen werden, um die lokalen Veränderungen zu kompensieren und die lokale Supersymmetrie zu garantieren. Da wiederholte Anwendung einer Supersymmetrietransformation zu einer raum-zeitlichen Verschiebung führt, muß jeweils ein Eichfeld für die innere Symmetrie der Teilchenumwandlung und die äußere Symmetrie der raum-zeitlichen Veränderung gefordert werden. Die Eichfelder raum-zeitlicher Transformationen sind aber gerade Gravitationsfelder. Das entsprechende Feldquant ist das masselose Graviton mit Spin 2 und unbegrenzter Reichweite. Das Gravitino ist ein benachbartes Fermion mit Spin 3/2. Eine lokale Eichtheorie der Supersymmetrie heißt daher auch Theorie der Supergravitation.

Im Forschungsprogramm der Supersymmetrie wird die Vereinigung der Naturkräfte durch Erweiterung zu immer reicheren Symmetriegruppen (‚Eichgruppen') beschrieben. Die Vielfalt der Elementarteilchen und atomaren Bausteine entsteht jeweils durch Symmetriebrechung. Interpretiert man das Universum als gigantisches Hochenergielaboratorium, so können auch die Entwicklungsphasen des Universums in einer physikalischen Kosmogonie erklärt werden (Abb. 14). Eine einheitliche Quantenfeldtheorie aller vier Grundkräfte liefert die physikalische Grundlage, um den heutigen Zustand des Universums als Folge von Symmetriebrechungen aus einem einheitlichen Urzustand zu erklären. In diesem Anfangszustand ungeheurer Energie und Temperatur müßte eine nahezu einheitliche Symmetrie vorgelegen haben, in der noch Fermionen und Bosonen ineinander verwandelt wurden. Um die Abzweigung der Gravitation von der vereinigten GUT-Kraft zu erklären, wird eine spontane Brechung der Supersymmetrie angenommen, bei der die Gravitinos Masse erhalten. Dafür wären Super-Higgs-Felder notwendig, die von den Gravitinos ‚geschluckt' werden könnten, um massiv zu werden.

Die folgenden Symmetriebrechungen sind mit Abkühlungs- und Expansionsprozessen verbunden, wie sie in der inflationären Phase und den Standardmodellen (vgl. Kap. 4 u. 5) beschrieben werden. So könnte im einfachsten Fall für die vereinigte GUT-Kraft eine SU(5)-Symmetrie vorgelegen haben, in der noch Quarks als Bausteine der Hadronen und Leptonen ineinander umgewandelt werden. Daran sind die X-Teilchen maßgeblich beteiligt.

Schließlich zerfällt die SU(5)-Symmetrie in die SU(3)-Symmetrie der starken Kräfte und die SU(2)xU(1)-Symmetrie der schwachen und elektromagnetischen Kräfte. Quarks und Leptonen werden damit unterscheidbare Teilchen. Schließlich zerfällt auch die SU(2)xU(1)-Symmetrie in die SU(2)-Teilsymmetrie der schwachen und die U(1)-Teilsymmetrie der elektromagnetischen Wechselwirkung. Die Atomkerne der Elektronen, Neutrinos etc. werden unterscheidbare Teilchen.

Ab bestimmten Temperaturen, die charakteristischen mittleren Abständen entsprechen, begannen sich die Kopplungskonstanten der verschiedenen Wechselwirkungen zu unterscheiden. Durch damit verbundene schrittweise, spontane Symmetriebrechung wurde das Universum unsymmetrischer und mannigfaltiger. Auf einige ‚überlebende' Zeugen dieser vergangenen Symmetriebrüche sei abschließend hingewiesen. Die Paritätsverletzung, also die Bevorzugung einer Raumrichtung, wie sie z. B. beim β-Zerfall der schwachen Wechselwirkung auftritt, ist, wie bereits erläutert wurde, ein Relikt der SU(2)xU(1)-Symmetriebrechung. Eine weitere auffallende Asymmetrie des heutigen Universums ist der Überschuß von Materie gegenüber Antimaterie. Dieser Tatbestand läßt sich nun als Folge der SU(5)-Symmetriebrechung verstehen. Nach dem Zusammenbruch der SU(5)-Symmetrie können sich nämlich mehr Quarks als Antiquarks beim Austausch von X-Teilchen gebildet haben, weil der Zerfall von Quarks etwas langsamer verlief als der von Antiquarks. Nachdem sich später Materie und Antimaterie gegenseitig vernichtet hatten, ist ein kleiner Überschuß von Protonen und Elektronen übriggeblieben, aus dem sich schließlich die Sterne, die Erde und das Leben auf der Erde entwickeln konnten. In einer künftigen Entwicklung des Universums könnte aber dieser vorübergehende ‚Überschuß' an Materie, auf dem unsere Existenz beruht, wieder verfallen, wenn nämlich die Protonen wieder zerstrahlen. Bei einer mittleren Lebensdauer eines Protons von 10^{31} Jahren erscheint die Verfallsfrist der Materie zwar gigantisch, aber immerhin physikalisch denkbar und experimentell nachweisbar.

Es ist bemerkenswert, daß mit der SU(5)-Symmetriebrechung auch die diskrete CP-Symmetrie verletzt sein müßte. Die CP-Symmetrie besagt ja, daß die physikalischen Gesetze in einer gespiegelten Welt gültig bleiben, wenn außer der Spiegelung (P) auch alle Teilchen durch ihre Antiteilchen (C) ersetzt werden. Wäre die CP-Symmetrie immer gültig gewesen, dann hätte sich aus einem anfänglichen Gleichgewicht von Materie und Antimaterie niemals ein Übergewicht eines der beiden Teile entwickeln können. Zu jeder Entstehung eines Teilchens gäbe es dann einen ebenso wahrscheinlichen gespiegelten Prozeß, bei dem das entsprechende Antiteilchen gebildet würde. Tatsächlich konnten Verletzungen der CP-Symmetrie beim Zerfall des sogenannten K-Mesons nachgewiesen werden.

Dabei muß noch einmal betont werden, daß die Symmetrien der Quantenfeldtheorien keineswegs bloße mathematische Fiktionen sind, um die Welt in ihrer Mannigfaltigkeit durch Symmetriebrüche zu erklären. Es handelt sich nicht um bloße denkökonomische oder heuristische Annahmen von Forschern. Einzelne Teilchensymmetrien sind heute experimentell im Hochenergielabor realisierbar. Die U(1)-Symmetrie der elektromagnetischen Kraft, die SU(2)xU(1)-Symmetrie der elektromagnetischen und schwachen Kraft und die SU(3)-Symmetrie der Hadronen ist für den Physiker sogar von weitaus höherer Realität als die angenäherten Symmetrien, die wir augenscheinlich z. B. bei Blüten und Kristallen in der makroskopischen Alltagswelt vor uns haben. Insofern ist die heutige Hochenergiephysik und die daraus ableitbare physikalische Kosmologie dem platonischen Anspruch nach Symmetrie in der Natur näher, als je eine naturwissenschaftliche Entwicklungsepoche vorher war. Der Teufel steckt aber im Detail. Für den Physiker Stephen Hawking zählt daher nur die überprüfbare Prognose- und Erklärungskraft einer vereinigten Theorie und nicht die mathematische Eleganz und Schönheit, die Theorien der Supersymmetrie ohne Zweifel haben.

Ein anschauliches Problem der Theorie der Supergravitation besteht darin, daß sie mehr als die vier beobachtbaren Koordinaten von Raum und Zeit voraussetzt. Bereits 1919 hatte der deutsche Mathematiker Theodor Kaluza Einsteins vierdimensionale Raum-Zeit um eine weitere räumliche Dimension erweitert, um eine vereinigte Theorie von Gravitation und Elektrodynamik zu erhalten. In der fünfdimensionalen Raum-Zeit konnte eine verallgemeinerte Feldgleichung formuliert werden, die sowohl Einsteins Gravitationsgleichung als auch Maxwells elektromagnetische Feldgleichungen enthält. Da diese fünfte Dimension nicht beobachtbar war, erschien sie zunächst wie ein mathematischer Trick, um eine vereinigte Theorie formulieren zu können. Kaluzas Theorie krankte ferner daran, daß sie die Quantenmechanik noch nicht berücksichtigte.

In der Theorie der Supergravitation, in der alle Kräfte unter den Bedingungen der Quantenmechanik vereint werden sollen, sind aber noch weitere Dimensionen notwendig. Dabei besteht ein Zusammenhang zwischen der Anzahl der Trägerteilchen (Bosonen), die Wechselwirkungen übertragen, und der Anzahl der Dimensionen. Allerdings versagen Theorien der Supergravitation bei mehr als elf Dimensionen, da dann die Partnerschaft zwischen Fermionen und Bosonen verlorengeht. Andererseits sind wenigstens sieben zusätzliche Dimensionen den vier Raum-Zeit-Dimensionen hinzuzufügen, wenn starke, schwache und elektromagnetische Kräfte berücksichtigt werden sollen.

Für die Tatsache, daß nur vier Dimensionen beobachtbar sind, gibt es verschiedene Erklärungen. Anschaulich gesagt könnte es uns wie zweidimensionalen Amöben gehen, die auf der Oberfläche einer Kugel auf gekrümmten Bögen krabbeln müssen, um von einem Ort zum anderen zu kommen. Durch Einführung der dritten Dimension wäre es ihnen möglich, ihre Welt als Oberfläche einer dreidimensionalen Kugel zu erfahren. Sie könnten z. B. einen geraden Tunnel durch die Kugel graben, um eine schnellere Verbindung zwischen zwei Orten herzustellen als der Kreisbogen auf der Oberfläche. Physikalisch ist aber unser Leben auf der Erde nur in drei Raumdimensionen denkbar. In zwei Dimensionen müßten wir z. B. wie die Scherenschnittfiguren übereinanderklettern, um aneinander vorbeizukommen. Von unseren offen liegenden Organen und Gehirnen als zweidimensionalen Querschnittsfiguren ganz zu schweigen. Bei mehr als drei Raumdimensionen würde die Gravitation mit der Entfernung nach dem Gravitationsgesetz schneller abnehmen als mit drei Dimensionen. Daraus folgen bedrohliche Instabilitäten der Planetenbahnen – und damit des Lebens.

Daher liegt die Annahme nahe, daß sich bei der Expansion des Universums nur die vier bekannten Dimensionen entwickelt haben, während die zusätzlichen Dimensionen in der Größenordnung des Planckschen Wirkungsquantums verborgen blieben. Für einen Physiker wie Stephen Hawking macht eine solche Hypothese kein Problem, da es für ihn (ähnlich wie bei der Annahme imaginärer Zeit) nur darauf ankommt, ob daraus die Eigenschaften unserer beobachtbaren Welt folgen. Hier zeigen sich aber große Probleme in den bisher vorliegenden Theorien der Supergravitation. Im winzigen Größenbereich des Uruniversums müßten die sieben nicht beobachtbaren Dimensionen quasi ‚aufgewickelt' und hochgradig gekrümmt sein. Dann würde nach der Theorie der Quantengravitation auch die verbleibende vierdimensionale Raum-Zeit erheblich stärker gekrümmt als heute beobachtet. Tatsächlich leben wir ja nach den neuesten Messungen sogar in einem nahezu flachen Universum mit Krümmung Null.

Ein weiteres Problem sind die Voraussagen der Theorie der Supergravitation über die Händigkeit (Chiralität) der Fermionen. Anschaulich ist die Händigkeit eines Fermions durch den Drehsinn seines Spins bestimmt. Die elfdimensionalen Theorien der Supergravitation sagen dieselbe Anzahl von links- und rechtshändigen Neutrinos voraus, obwohl in der Natur nur linkshändige Neutrinos angetroffen werden. Die experimentell bewiesene Paritätsverletzung der schwachen Wechselwirkung wird also durch die elfdimensionale Theorie der Supergravitation nicht erklärt. Das größte Problem ist eine generelle Schwierigkeit von Quantenfeldtheorien. Sie sagen nämlich unendliche Größen voraus, obwohl Beobachtungen und Messungen sie als endlich ausweisen. Durch einen mathematischen Trick, der als Renormierungsverfahren bekannt ist, wird häufig versucht, unendliche Größen durch Einführung anderer unendlicher Größen aufzuheben. Obwohl dieses Korrekturverfahren in der Praxis zu sehr genauen Ergebnissen führt, bleibt der fundamentale Nachteil, daß die gemessenen Werte nicht aus der Theorie folgen.

Alle diese Probleme von Vereinigungstheorien lassen den Verdacht aufkeimen, daß unsere Vorstellungen von den elementaren Bausteinen der Materie unzureichend sind. Tatsächlich stellen wir uns einen solchen Baustein als ein Teilchen vor, das nur einen einzigen Punkt im Raum einnehmen kann. Im Unterschied zur Klassischen Physik sorgt in der Quantenmechanik die Heisenbergsche Unbestimmtheitsrelation dafür, daß die Ortsmessung eines Elementarteilchens notwendigerweise Streuungen um eine Konzentration von Punkten aufweist. Die Teilchen sind durch verschiedene Eigenschaften wie z. B. Masse, Ladung oder Spin ausgezeichnet, die sie unterscheiden. Nach der Vorstellung der Supergravitation werden diese Teilchen jedoch in einem heißen Uruniversum winziger Ausdehnung derart konzentriert, daß sie ihre unterscheidenden Eigenschaften verlieren und ineinander umwandelbar werden. Die unvorstellbar kleinen Abstände in diesem Uruniversum sind um Zehnerpotenzen kleiner als der Durchmesser eines Protons. Für die Physik dieser winzigen Abstände ist es daher naheliegend, eigene Substrukturen anzunehmen, aus deren Zustände sich die Elementarteilchen in natürlicher Weise ergeben.

Hier setzen die Stringtheorien an. Ein ‚String' ist eine Saite (engl. string), deren Schwingung durch Spannungszustände bestimmt ist. Da in der Quantenmechanik Welle und Teilchen äquivalente Beschreibungen sind, entspricht ein Teilchen einem Schwingungszustand. Die Frequenz der Schwingung bestimmt dann die Energie des Teilchens und (im Sinne der Einsteinschen Äquivalenz von Masse und Energie) damit seine Masse. Elementarteilchen entstehen quasi wie die Töne einer schwingenden Saite. Wir unterscheiden offene Strings mit zwei Enden und zu Schleifen geschlossene Strings. In einem Raum-Zeit-Diagramm bewegt sich ein Punktteilchen auf einer eindimensionalen Linie (Abb. 18a). Demgegenüber beschreibt ein offener String in der Zeit einen zweidimensionalen Streifen (Abb. 18b), ein geschlossener String eine zweidimensionale Röhrenoberfläche (Abb. 18c). Jeder Querschnitt eines Streifens oder einer Röhre entspricht der Position eines Strings zu einem bestimmten Zeitpunkt. Im Sinne der Quantenmechanik dürfen wir uns allerdings Wege von Strings ebensowenig als exakt bestimmte Streifen oder Röhren vorstellen wie die Wege von Punktteilchen als exakt bestimmte Linien. Nach Feynmans ‚Summation aller Möglichkeiten' handelt es sich vielmehr um eine Konzentration von Linien, Streifen oder Röhren, die um die wahrscheinlichen Wege streuen, also Linien, Streifen oder Röhren mit unscharfen Rändern.

Strings können miteinander wechselwirken und neue Formationen bilden. Offene Strings verbinden sich an ihren Enden zu weiteren Fäden oder zerfallen in einzelne Fäden. Sie können sich aber auch zu Schleifen schließen, so daß jede Stringtheorie mit offenen Strings auch geschlossene Strings berücksichtigt. Im Raum-Zeit-Diagramm schließen sich zwei Streifen zu einem brei-

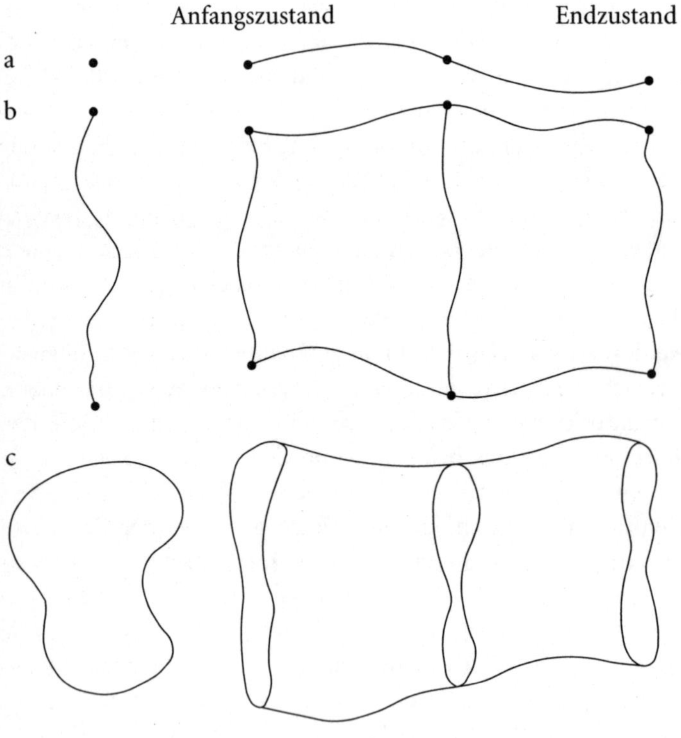

Abb. 18: *Weg eines Punktteilchens (a), offenen Strings (b) und geschlossenen Strings (c) im Raum-Zeit-Diagramm*

teren Streifen zusammen. Zwei geschlossene Strings erzeugen im Raum-Zeit-Diagramm zwei Röhren, die sich zu einer größeren Röhre vereinigen oder in kleinere Röhren verzweigen können. Eine Teilchenemission entspricht dann einer Schwingung, die entlang einem Streifen oder einer Röhre wandert. Um sich eine Vorstellung von den Größenverhältnissen dieser Substrukturen von Elementarteilchen zu machen: Während der Durchmesser eines Atoms knapp bei einem Millionstel Millimeter (10^{-10} m) liegt und der Durchmesser eines Protons 10^{-15}m beträgt, sind Strings etwa 10^{-35} m lang.

Um die Vielfalt der Elementarteilchen zu klassifizieren, die durch die vibrierenden Fäden der Stringwelt erzeugt werden, wurden die Stringtheorien mit Symmetriegruppen untersucht. Eine Superstringtheorie bezeichnet daher die Verbindung einer Stringtheorie mit der Theorie der Supersymmetrie. 1984 stellten John A. Schwarz und Michael B. Green eine zehndimensionale Theorie der Superstrings vor, in der von vornherein eine falsche Voraussage der Theorie der Supergravitation vermieden wurde. Gemeint ist die Paritätsverletzung der schwachen Wechselwirkung mit ihren linksdrehenden Neutrinos, die nun erklärt werden konnte. Da jeweils eine Dimension für die Zeit vorgesehen ist, bleiben in der elfdimensionalen Theorie der Supergravitation zehn Raumdimensionen, in der zehndimensionalen Theorie der Superstrings neun Raumdimensionen. Bei gerader Anzahl von (z. B. zehn) Raumdimensionen bleibt die Links- bzw. Rechtsdrehung (Chiralität) eines Teilchens nach Spiegelung an allen Raumachsen unverändert. Es liegt als P(Paritäts)-Symmetrie vor. Nur bei ungerader Anzahl wie (z. B. neun) Raumdimensionen ist es überhaupt möglich, daß die Parität verletzt wird.

In einer zehndimensionalen Superstringtheorie wird angenommen, daß die sechs nicht beobachteten Dimensionen im winzigen Größenbereich der Strings aufgewickelt (‚kompaktifiziert') sind. Nur die beobachteten vier Dimensionen von Raum und Zeit haben sich während der Expansion des Universums entfaltet. Teilchen, die dem niedrigsten Schwingungszustand eines Strings entsprechen, sind masselos. Den masselosen Zuständen der Superstringtheorie entsprechen dieselben masselosen Teilchen wie in der Theorie der Supergravitation, also das Graviton mit Spin 2, das Gravitino mit Spin 3/2, die Bosonen der starken, schwachen und elektromagnetischen Wechselwirkung mit Spin 1, die Quarks und Leptonen mit Spin 1/2 und die Teilchen der Higgs-Felder mit Spin 0. Die Schwingungsfrequenz eines Superstrings ist durch seine Spannung bestimmt, die in Einheiten von Energie pro Länge oder Masse zum Quadrat gemessen wird. Als kleinste quantenmechanische Einheit von Massen wird die Planck-Masse angesetzt. Die Stringspannungen unterscheiden sich daher in der Größenordnung $(10^{19}\ \mathrm{GeV})^2$, was einer Kraft von 10^{39} Tonnen entspricht. Es kommt darauf an, die höheren Schwingungszustände eines Strings als massive Zustände von Teilchen zu identifizieren.

Was ist nun die Weltformel der Supersymmetrie, aus der sich alle beobachtbaren Phänomene ableiten lassen? Es muß eine Symmetriegruppe der Superstringtheorie sein, die alle Teilsymmetrien der physikalischen Grundkräfte widerspruchsfrei vereinigt. Schwarz und Green schlugen eine riesige Symmetriegruppe im flachen Raum vor, in der die Theorie der Supergravitation mit den vier gewöhnlichen und sechs ‚aufgewickelten' (kompaktifizierten) Dimensionen enthalten ist. Diese Symmetrie kann weiter gebrochen werden, bis die Teilsymmetrien der starken, schwachen und elektromagnetischen Wechselwirkungen mit ihren Elementarteilchen auftreten. Neben dem Paritätsproblem konnten auch die unendlichen Größen vermieden werden, die in der Theorie der Supergravitation auftreten, wenn wir uns Elementarteilchen als Punktteilchen vorstellen. Am Anfang der Superstringtheorie steht also nichts anderes als die Forderung nach einer mathematisch widerspruchsfreien Theorie, aus der sich die gesamte Physik ableiten läßt.

Bei dieser sehr allgemeinen und abstrakten Rahmenbedingung ergibt sich leider eine Vielzahl von möglichen Symmetriegruppen und Stringtheorien mit offenen Strings oder geschlossenen Strings, in denen die zusätzlichen Dimensionen unterschiedlich aufgerollt sind. Ferner werden heute neben Teilchen als Raumpunkten und Strings als Raumlinien auch höherdimensionale Gebilde (‚Branen') untersucht. Nach dieser Klassifizierung werden 0-Branen für Teilchen, 1-Branen für Strings und allgemein p-Branen vorgesehen. Diese unterschiedlichen widerspruchsfreien Theorien in höheren Dimension sagen jedoch überraschenderweise in den vier beobachtbaren Dimensionen die gleichen Ergebnisse voraus. Edward Witten folgerte daher 1995, daß es sich bei den verschiedenen Stringtheorien um unterschiedliche Annäherungen an eine bisher unbekannte fundamentale Theorie handelt. Diese sogenannte M-Theorie ist heute ein aufwendiges Forschungsprogramm, das nicht nur großen theoretischen Rechenaufwand zur Untersuchung aller theoretischer Möglichkeiten erfordert. Notwendig sind auch empirische Überprüfungen der theoretisch vorausgesagten Teilchen, die aufgrund der beschränkten Energieleistungen von Teilchenbeschleunigern bisher nicht nachgewiesen werden konnten.

„Wenn man mit einer Forderung anfängt", so stellte bereits Werner Heisenberg fest, „dann ist Symmetrie der beste Anfang. Symmetrie ist schön, das wußte schon Platon. Darin drückt sich die zentrale Ordnung aus." Für Stephen Hawking sind die Symmetrieforderungen der Superstringtheorie nur Hypothesen, die sich in überprüfbaren Voraussagen bewähren müssen. Allerdings muß betont werden, daß die Symmetrieprinzipien der Superstringtheorie einen höheren theoretischen Stellenwert haben als Hawkings Forderung nach einem singularitätsfreien Anfang des Universums. In den Symmetrieprinzipien der Superstringtheorie vereinigen sich nämlich die theoretischen Grundlagen der gesamten Physik, also insbesondere Einsteins Relativitätstheorie und die Quantenmechanik. Hawkings Keine-Grenzen-Hypothese zeichnet nur einen kosmologischen Anfangszustand aus, der sich theoretisch aus übergeordneten Prinzipien der Physik rechtfertigen lassen müßte. Diese Rechtfertigung fehlt bisher. Jedoch hat sich

Hawkings Keine-Grenzen-Hypothese, wie in Kap. 5 gezeigt wurde, in ihren Voraussagen gut bewährt.

Mit den Superstrings sind wir zwar in winzige Größenbereiche sogar kleiner als Elementarteilchen vorgestoßen. Warum sollten aber Symmetrien der Superstrings die gesamte Physik bestimmen? Gibt es noch grundlegendere Begriffe? Superstrings, Elementarteilchen oder Atome sind nur Beispiele von physikalischen Systemen, deren mögliche Zustände durch die Gesetze der Quantenphysik bestimmt werden. Ein Elementarteilchen könnte z. B. verschiedene Orts-, Geschwindigkeits- oder Energiewerte besitzen. Eine Messung führt eine Entscheidung für einen der alternativen Werte herbei. In diesem Sinn sind die Zustände von physikalischen Systemen durch Ja-Nein-Entscheidungen bestimmt.

Carl Friedrich von Weizsäcker spricht daher von Ur-Alternativen (‚Uren'), aus denen die Zustandsräume der Physik aufgebaut sind. Ur-Alternativen repräsentieren nichts anderes als den Informationsgehalt von binären Entscheidungen, deren kleinste Einheit ein Bit (engl. Binary Digit) ist. Im Unterschied zur Klassischen Physik sind aber binäre Entscheidungen der Quantenmechanik nicht immer unabhängig voneinander. Während in der Klassischen Physik z. B. Ort und Impuls eines Körpers unabhängig voneinander mit beliebiger Genauigkeit gemessen werden können, sind sie nach der quantenmechanischen Unbestimmtheitsrelation korreliert. Daher sprechen wir auch von Quanteninformation mit dem Quantenbit als Einheit. In Quantenzuständen sind also Quantenbits nicht unabhängig, sondern korreliert.

Weizsäcker schlug eine ‚Ur-Theorie' vor, in der die Zustandsräume der Quantentheorie und die daraus folgenden Symmetrien auf Ur-Alternativen (‚Uren') zurückgeführt werden sollen. Tatsächlich läßt sich aus der Symmetriegruppe der Ure die Raum-Zeit der Speziellen Relativitätstheorie ableiten. Ure sind daher im Gegensatz zu Teilchen keine lokalisierbaren Objekte im Raum, sondern ihre Symmetrieeigenschaften begründen erst den Raum. Die Ableitung konkreter Teilchen und Felder aus der Ur-Theorie ist weitgehend noch Programm. Es ist allerdings absehbar, wie physikalische Systeme durch Quanteninformationen bestimmt sind. Raum-Zeit, Vakuum, Masse, Energie und Entropie sind dann letztlich unterschiedliche Manifestationsformen von Quanteninformation.

Am Anfang wäre nicht die Materie, sondern die (Quanten-) Information. Die Phasenübergänge der Materie während der kosmischen Expansion entsprächen Informationsverarbeitungsprozessen – das Universum als gewaltiger Quantencomputer. Wenn aber das Universum letztlich aus Quantenbits von Informationen besteht, dann sind sie auch die Bausteine unseres Wissens. Kann es aber überhaupt eine vereinheitlichte Theorie geben, in der dieses Wissen insgesamt erfaßt wird?

Seit Euklids Geometrie werden mathematische Theorien durch wenige Axiome bestimmt, aus denen Lehrsätze logisch abgeleitet bzw. bewiesen werden. Ein Axiomensystem heißt vollständig, wenn alle wahren Sätze aus den vorausgesetzten Axiomen abgeleitet werden können. Kurt Gödel bewies in seinem berühmten Unvollständigkeitssatz, daß mathematische Theorien, die wenigstens die Grundrechenarten der Arithmetik enthalten, prinzipiell unvollständig sind: Es läßt sich immer ein wahrer Satz angeben, der durch das Axiomensystem nicht erfaßt wurde. Wir könnten diesen Satz zwar als Axiom hinzufügen. Aber auch in diesem erweiterten Axiomensystem ließe sich wieder ein nicht ableitbarer Satz angeben, etc. etc. In der Mathematik stoßen wir zwar an keine prinzipielle Erkenntnisgrenze. Wir können aber auch nicht auf eine abschließende und vollständige Theorie des mathematischen Wissens hoffen. Der mathematische Erkenntnisprozeß geht im Prinzip unbegrenzt weiter.

Analog könnte man auch in der Physik eine unendliche Folge von immer genaueren Theorien annehmen, die zwar nie endgültig den Informationsgehalt des Universums erfassen, aber schrittweise immer umfassender und genauer werden. Die Geschichte physikalischer Theorien von der Mechanik bis zur Superstringtheorie scheint diese Auffassung zu bestätigen. Um immer genauere Messungen von den makroskopischen Körpern der Mechanik bis zu Atomen, Elementarteilchen und Strings vornehmen zu können, sind immer größere Energien erforderlich. In den Vereinigungstheorien der Materie (Abb. 14) werden nämlich immer größere Energien notwendig, um schrittweise die Elementarteilchen der elektromagnetischen, schwachen, starken und gravitativen Wechselwirkung in kleinste gemeinsame Bausteine aufzulösen. Für den bisher als letzten angenommenen Vereinigungsschritt der Gravitation mit der vereinigten starken und elektroschwachen Wechselwirkung nimmt die Superstringtheorie eine Urkraft ungeheurer Energie an, mit der Superstrings als bisher kleinste angenommene Bausteine der Materie wechselwirken. Wäre es nicht möglich, daß es noch kleinere Bausteine mit noch größeren Wechselwirkungsenergien gibt und damit die Folge der Vereinigungstheorien unbegrenzt fortsetzbar wäre?

Mit der Planck-Energie von zehn Millionen Millionen Millionen GeV stoßen wir jedoch an eine quantenmechanische Grenze energetischer Konzentration. Ein Teilchen mit größerer Energiekonzentration als die Plancksche Grenze müßte sich nämlich vom übrigen Universum trennen. Daher hält Stephen Hawking eine abschließende Theorie kleinster Bausteine des Universums für möglich. Die wachsenden Energien, die wir für den Test immer genauerer und umfassenderer Theorien der Vereinigung benötigen, sind also begrenzt. Wir könnten sie zwar nicht alle im Labor realisieren, aber in einer abschließenden Theorie des Universums berücksichtigen. Die mathematischen Teile dieser vereinheitlichten Theorie wären im strengen logischen Sinn von Gödel nicht vollständig axiomatisierbar, aber wenigstens könnten alle physikalischen Gesetze aus den vorausgesetzten physikalischen Prinzipien abgeleitet werden. Die Quanteninformationen des Universums wären in einer abschließenden Theorie erfaßbar.

7. Ausblicke – Zeitreisen, Leben und Verantwortung

Was wäre, wenn wir eine vereinheitlichte Theorie des Universums hätten? Wäre dann die Welt vollständig berechenbar und unser Leben prädestiniert? Wie sind dann Willensfreiheit und Verantwortung für unsere Handlungen möglich? Stephen Hawking sucht nicht nur nach empirischen Bestätigungen seiner Theorie des Universums, sondern befaßt sich auch mit den Konsequenzen für unser Leben. In seinen Untersuchungen über Zeitreisen und Wurmlöcher weist er auf diesen Zusammenhang.

Zunächst scheinen Zeitreisen nur ein Thema von Science-Fiction-Literatur. Bereits Einsteins Spezielle Relativitätstheorie beweist aber, daß jeder seine eigene Zeit hat. Astronauten, die nahe der Lichtgeschwindigkeit zu fernen Gestirnen reisen, altern deutlich langsamer als die zurückgebliebenen Zeitgenossen auf ihren Heimatplaneten. Bei ihrer Rückkehr treffen sie auf eine ferne Zukunft ihres Heimatplaneten, in der vielleicht schon ihre Zivilisation verschwunden ist (Abb. 5–6). Zukunftsreisen sind also nach der Speziellen Relativitätstheorie möglich.

Für Reisen in die Vergangenheit sind unterschiedliche Voraussetzungen in der Allgemeinen Relativitätstheorie zu beachten. Nach dem Kosmologischen Prinzip ist das Universum zu jedem Zeitpunkt räumlich im Großen nahezu homogen und isotrop, d. h. die Verteilung der Massen ist im Großen nahezu regelmäßig ohne Auszeichnung einer Richtung. Nach Kurt Gödel läßt die Allgemeine Relativitätstheorie wenigstens mathematisch auch ein Universum zu, das zwar homogen, aber nicht isotrop ist. Dieses Universum würde im Großen rotieren. Damit werden im Raum-

Zeit-Diagramm (Abb. 9) geschlossene zeitartige Weltlinien möglich, die Reisen in die Vergangenheit erlauben, bei denen wir dem eigenen früheren Ich begegnen. Obwohl relativistisch möglich, sprechen wichtige empirische Befunde gegen eine solche Welt. Nach den Messungen der Mikrowellenhintergrundstrahlung ist unser Universum im Großen nahezu regelmäßig und isotrop. Auch die heutigen theoretischen Modelle der Kosmologie von Hawkings Keine-Grenzen-Hypothese bis zur Superstringtheorie stützen eine nahezu homogene und isotrope Welt im Großen und schließen damit Zeitreisen à la Gödel aus.

Wegen der Zeitsymmetrie physikalischer Gesetze sind Zeitreisen in die Vergangenheit im Prinzip selbst in der Klassischen Physik nicht ausgeschlossen. Insbesondere gilt das CPT-Theorem. Danach entspricht ein Teilchen, das sich in der Zeit vorwärts bewegt, einem Antiteilchen, das sich in der Zeit rückwärts bewegt. Die Hawking-Strahlung haben wir in Kap. 4 durch Paare von virtuellen Teilchen und Antiteilchen erklärt, die in der unmittelbaren Nähe des Ereignishorizonts entstehen. Wenn ein Partner ins Schwarze Loch fällt, könnte der andere die Anziehungskraft des Schwarzen Lochs überwinden. Die Strahlung wurde durch die Partner erklärt, die dem Schwarzen Loch entkommen. Ein Teilchen, das ins Schwarze Loch fällt, kann jedoch auch als Antiteilchen verstanden werden, das sich in der Zeit rückwärts aus dem Schwarzen Loch herausbewegt. In der Quantentheorie der Elementarteilchen sind also Bewegungen zurück in der Zeit nicht nur möglich. Wie z. B. die Hawking-Strahlung und Quantenfluktuationen von virtuellen Teilchen zeigen, führen sie auch zu beobachtbaren Effekten.

Nach Hawkings Keine-Grenzen-Hypothese gibt es in imaginärer Zeit keine Singularitäten (vgl. Kap. 5). Teilchen, die in ein Schwarzes Loch fallen, und Antiteilchen von emittierten Teilchen können daher nicht in einem Punkt enden, sondern müssen sich irgendwo in imaginärer Zeit aufhalten. Hawking nimmt dazu Wurmlöcher an, durch die Teilchen sich in kleine Ausbuchtungen der Raum-Zeit (‚Baby-Universen‘) hinein- und herausbewegen. Damit eröffnen sich neue Möglichkeiten von Zeitreisen. Nach der Allgemeinen Relativitätstheorie sind die kürzesten Verbindungen zwischen entfernten Orten durch Gravitationsfelder gekrümmt. Im Universum kann es zu raum-zeitlichen Verwerfungen kommen, so daß weit entfernte flache Regionen auch mit Lichtgeschwindigkeit nur über gekrümmte ‚Umwege‘ zu erreichen sind (Abb. 19).

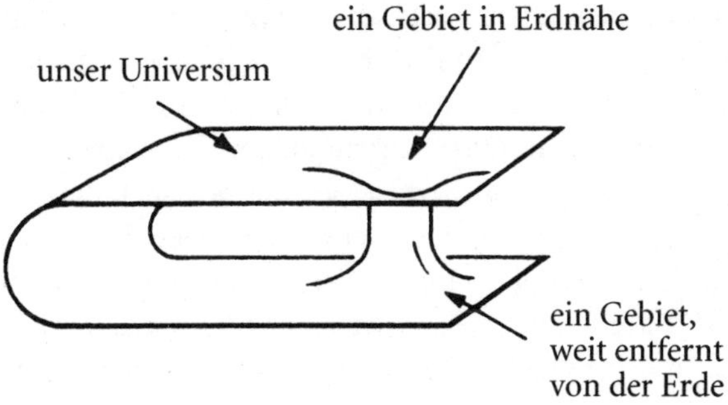

Abb. 19: *Wurmlöcher können flache Regionen des Universums miteinander verbinden.*

In diesem Fall könnten Quantenfluktuationen Wurmlöcher öffnen, die diese Regionen für extrem kurze Augenblicke miteinander verbinden. Nach Hawking handelt es sich um vierdimensionale raumartige Gebiete zwischen flachen Regionen der Raum-Zeit. Ein Teilchen, das mit Lichtgeschwindigkeit die weit entfernte Region erreicht, könnte durch ein Wurmloch noch schneller, also mit Überlichtgeschwindigkeit am Ziel ankommen, ohne die Gesetze der Physik zu verletzen. Die Öffnung der Wurmlöcher ist nach Hawkings Berechnungen meistens extrem klein bis zur Größenordnung von Strings. In der Regel könnten daher nur Strings und Elementarteilchen diese Abkürzung benutzen.

Prinzipiell ist nicht auszuschließen, daß Zivilisationen in weiter Zukunft Energien erzeugen könnten, um Wurmlöcher auch für Raumschiffe zu öffnen. Bei Quantenfluktuationen ist allerdings mit erheblicher Instabilität der Wurmlöcher zu rechnen. In Science-Fiction-Filmen lassen sich solche Situationen spannend ausmalen. Vielleicht verwandeln sich spätere Astronauten aber auch in Quantenbits, die durch die Wurmlöcher gejagt werden. Dabei besteht die Gefahr, daß nach Hawkings Berechnungen die entsprechenden Teilchen an verschiedenen Orten austreten und nicht mehr zusammenfinden. Vielleicht, so fügt Stephen Hawking bei diesen Überlegungen lakonisch hinzu, hat sich aber die Menschheit vorher selbst in die Luft gejagt. Physikalisch geht es bei den Wurmlöchern um die Quantenstruktur der Raum-Zeit, die offenbar wie ein Sieb durchlöchert ist. Sie eröffnen auch die Möglichkeit von Zeitsprüngen und Zeitreisen mit Überlichtgeschwindigkeit und heizen damit die menschliche Phantasie an.

Sind Zeitreisen in die Vergangenheit mit makroskopischen Zeitmaschinen möglich, wie sie in Hollywood bereits zu besichtigen sind? Nach der Speziellen Relativitätstheorie werden Geschwindigkeiten im Lichtkegel (Abb. 4) durch die Neigungswinkel von Diagonalen durch den Ursprung dargestellt. Bei Reisen vom Ursprung als Ausgangsort mit höchstens Lichtgeschwindigkeit weisen die Diagonalen in den Zukunftskegel. Um in den Vergangenheitskegel zu reisen, wäre Überlichtgeschwindigkeit erforderlich. Bereits das Beschleunigen auf Lichtgeschwindigkeit erfordert nach der Relativitätstheorie kaum realisierbare Energien.

Es bleiben nur die ‚Tricks' einer vereinigten Relativitäts- und Quantentheorie. Aber auch dann müßten Zeitreisen mit den Naturgesetzen vereinbar sein. Wer in die Vergangenheit reist, um seine eigenen Vorfahren zu liquidieren, macht sich selbst unmöglich. Hawking fordert daher einen ‚Chronologieschutz', wonach makroskopische Körper keine Information in die Vergangenheit tragen können. Beweisen läßt sich so etwas vorläufig nicht, vor allem deshalb, weil wir die vereinigte Relativitäts- und Quantentheorie noch nicht kennen. Vieles wird aber denkbar – von Zeitsprüngen, die uns mit fernen Regionen des Universums verbinden, über Wurmlöcher, über die wir in Baby-Universen schlüpfen, bis zu Baby-Universen, die sich inflationär selbst zu Universen aufblähen. Vielleicht war unser Uruniversum in imaginärer Zeit selbst ein Baby-Universum, das aus einem anderen Universum durch Quantenfluktuationen entstanden ist. Interkosmische Reisen durch Wurmlöcher von Universum zu Universum wären aber mathematisch nur in imaginärer Zeit möglich. Stephen Hawking rät uns daher: „Denken Sie imaginär!"

Wenn alle diese Welten in einer vereinigten Theorie naturgesetzlich erfaßt sind, wie genau werden dann unsere Voraussagen? Das hängt von der Größenordnung (‚Skalierung') der kosmischen Objekte ab. Bei sehr großer Skalierung erscheint die Expansion des Universums wie in den kosmologischen Standardmodellen sehr regelmäßig, nämlich nahezu homogen und isotrop. Daher scheint die Entwicklung des Universums im Großen nahezu determiniert, sofern wir die genauen Nebenbedingungen kennen. Dann sind sehr präzise und sehr langfristige Prognosen im Großen möglich.

Demgegenüber treten in der Mikrowelt der Strings, Elementarteilchen und Atome charakteristische Unbestimmtheiten auf, die durch die Gesetze der Quantenmechanik geregelt sind. Nach Heisenbergs Unbestimmtheitsrelation ist z. B. die Messung von Ort und Impuls eines Teilchens nicht zugleich mit beliebiger Genauigkeit möglich. Um so genauer wir die eine Größe messen, um so mehr streut die andere. Voraussagen über zukünftige Quantenzustände sind nur als Wahrscheinlichkeitsaussagen möglich.

Demgegenüber ging die Klassische Physik Newtons von einer Körperwelt aus, in der alle zukünftigen Zustände nach den Gesetzen der Mechanik eindeutig determiniert sind. Bei vollständiger Kenntnis der Anfangsbedingungen könnten, so glaubte das 18. und 19. Jahrhundert, beliebig langfristige Ereignisse vorausberechnet werden. Einen solchen Computer hielt der französische Astronom und Mathematiker Laplace für die Mechanik der

Himmelskörper wenigstens im Prinzip für möglich (,Laplacescher Geist'). Bereits Poincaré, Maxwell u.a. entdeckten aber Ende des 19. Jahrhunderts, daß die Himmelsmechanik kein vollständig berechenbares Uhrwerk ist, selbst wenn wir von den deterministischen Gesetzen der Klassischen Mechanik ausgehen. Die vielfältigen Wechselwirkungen von mehr als zwei Himmelskörpern führen zu sehr empfindlichen Gleichgewichten (,Mehrkörperprobleme'), die durch geringste Veränderungen chaotisch werden können.

Dieses Phänomen erklärt auch, warum keine langfristigen Wetterprognosen möglich sind. Auch die Dynamik des Wetters hängt von vielfältigen Wechselwirkungen wie z.B. den Strömungs- und Temperaturbedingungen verschiedener Luftschichten ab, die zu nichtlinearen Gleichungen führen. Geringste lokale Abweichungen, ein nicht beachteter kleiner Wirbel auf der Wetterkarte, im Prinzip der ,Flügelschlag eines Schmetterlings' (,Schmetterlingseffekt'), können sich zu einer globalen Veränderung der Wetterlage aufschaukeln, die nicht voraussehbar war. Mit steigenden Rechnerkapazitäten können wir versuchen, möglichst gute Näherungsverfahren zur Lösung solcher nichtlinearer Gleichungen von Mehrkörperproblemen zu finden. Auch in der klassischen Welt unserer Alltagserfahrungen zwischen der quantenmechanischen Mikrowelt und der Dynamik des Universums im Großen stoßen wir auf praktische Grenzen der Berechenbarkeit, die durch chaotische Situationen verursacht werden. Daran würde eine vereinheitlichte Theorie nichts ändern. Sie würde nur die übergeordneten Gleichungen liefern, aus denen die Gleichungen für Strings, Elementarteilchen, Atome, Tennisbälle, Wolken, Planetensysteme, Galaxien und das Universum im Großen ableitbar wären.

Was läßt sich über Herkunft und Zukunft des Menschen sagen, wenn die vereinheitlichte Theorie vorliegt? Nach unseren bisherigen Einsichten aus Quantenmechanik, Relativitätstheorie und Thermodynamik wird sie den kosmischen Zeitpfeil bestätigen. Wie ist es aber möglich, daß in einer Natur, die nach dem 2. Hauptsatz der Thermodynamik auf Unordnung, Tod und Zerfall programmiert scheint, die Evolution des Lebens zu immer komplexeren Ordnungs- und Lebenssystemen stürmt? Heute gelten Biochemie und Molekularbiologie als Erklärungsgrundlagen der Lebensvorgänge von einfachen Organismen bis zu den höheren Pflanzen- und Tierformen. Verschiedene künstliche Ursuppen wurden mittlerweile modelliert, um die chemischen Prozesse auf der urzeitlichen Erde im Experiment zu simulieren. Ein kritischer Schritt der präbiotischen Evolution war sicher die Entwicklung selbstreplizierender Nukleinsäuren (RNA und DNA), die Lebewesen zur Kodierung von Erbinformation verwenden. Die heute rekonstruierte Evolution des Lebens vom Einzeller bis zu den komplexen Lebensformen ist mit den Prinzipien der Molekularbiologie erklärbar, die wiederum die Gesetze von Chemie und Physik voraussetzen. Daran würde eine vereinheitlichte Theorie nichts ändern.

Obwohl jeder dieser einzelnen Entwicklungsschritte unter den jeweiligen Umweltbedingungen bis zur Entwicklung der Primaten (soweit heute bekannt) gesetzmäßig erklärbar ist, wäre es biologisch durch nichts gerechtfertigt, daraus eine stromlinienförmig (‚linear') determinierte Entwicklungslinie vom Einzeller bis zum Menschen abzuleiten. Jeder einzelne Entwicklungsschritt der Evolution hätte unter veränderten Umständen auch anders verlaufen können – und zwar gesetzmäßig. Um nur einen für uns bedeutenden Entwicklungsschritt herauszugreifen: Wenn vor zwei bis vier Millionen Jahren eine Seitenlinie der Primaten in der allmählich austrocknenden afrikanischen Savanne nicht den aufrechten Gang erlernt hätte, wären deren Nachfahren Menschenaffen und eine ökologische Randgruppe wie die heutigen Schimpansen und Gorillas. Denkbar wäre auch, daß die biologische Evolution noch früher über das Entwicklungsstadium der Bakterien nicht hinausgekommen wäre – übrigens eine Lebensform von ungewöhnlicher Stabilität und Variabilität seit mindestens 3,5 Milliarden Jahren, die sowohl dem Tyrannosaurus rex als auch dem Menschen trotzte und vermutlich – mit Ausnahme der Viren – alles überleben und bis zum Ende der Erde bestehen wird.

Die biologische Evolution verlief also keineswegs linear und gleichförmig, sondern verzweigte sich wie ein üppig wucherndes Buschwerk mit vielen toten Entwicklungsästen und heftigen stochastischen Schwankungen in den Verzweigungsästen, deren Weiterentwicklung keineswegs determiniert war. Kleinste Veränderungen (z. B. Mutationen) können sich zu globalen Entwicklungsschüben oder katastrophalen Fehlschlägen aufschaukeln. Diese Dynamik ist aus den mathematischen Theorien von Chaos und nichtlinearen komplexen Systemen wohlbekannt. Die genetische Variabilität war eine wichtige Voraussetzung, damit sich bei knappen Ressourcen im Wettbewerb der Anpassungsfähigkeiten eine Vielzahl verschiedenartiger Lebewesen entwickeln konnte. Der hohe Preis dafür sind aber auch mehr oder weniger mißglückte genetische Varianten, beschädigte Erbanlagen, entwicklungsgestörte Keime, verkrüppelte Nachkommen und schließlich der zu Krankheiten bzw. Anfälligkeiten aller Art disponierte Alltagsmensch. Stephen Hawkings unvorhersehbare Erkrankung an ALS ist ein bedrückendes Beispiel für diese Dynamik.

Häufig wird das menschliche Gehirn als Höhepunkt der Evolution herausgestellt. Aber auch hier ist die anthropomorphe Vorstellung eines globalen Plans der Evolution naturwissenschaftlich nicht gerechtfertigt. Die moderne Neurobiologie versteht das menschliche Gehirn als ein komplexes System von Neuronen, das sich in der Evolution z. B. bei Reptilien, Vögeln und Säugetieren bis zum Cortex der Primaten entwickelt hat. Jeder Entwicklungsschritt hätte auch anders verlaufen können. Zudem ist keineswegs ausgemacht, daß die Gehirnstrategie biologisch erfolgreich sein wird. Vom Standpunkt der Stabilität und Variabilität sind uns z. B. die Bakterien weit überlegen.

Im menschlichen Gehirn vernetzen sich viele Milliarden Nervenzellen und erzeugen neuronale Muster, die äußeren Wahrnehmungen, emotionalen Zuständen oder Gedanken korreliert sind. Erste neurobiologische Erklärungen für die Erzeugung von Bewußtseinszuständen liegen vor. In allen diesen Fällen wird die Gehirndynamik auf neurochemische Wechselwirkungen von ca. 10^{26} Zellen zurückgeführt. Es handelt sich also um hochkarätige Mehrkörperprobleme eines komplexen Systems, das empfindlich auf geringste Veränderungen und Einflüsse reagiert. Obwohl diese Gehirndynamik gesetzmäßig erklärbar ist, folgt daraus noch lange nicht ihre vollständige Berechenbarkeit. Die Naturgesetze bis hin zu den Rahmenbedingungen einer vereinheitlichten Theorie lassen also durchaus menschliche Willensfreiheit zu.

Damit sind wir abschließend bei einem zentralen Anliegen von Stephen Hawking. Wir können, so stellt er fest, unser Verhalten nicht nach dem Glauben ausrichten, alles sei vorbestimmt, weil wir nicht wissen, was vorbestimmt worden ist. Hawking spricht von einer ‚operativen Theorie' des freien Willens und der Verantwortung, an die wir uns statt dessen halten müssen. Diese Theorie tauge zwar nichts für Vorhersagen, aber sie sei notwendig, da es keine Möglichkeiten gibt, die Gleichungen zu lösen, die sich aus den fundamentalen Gesetzen einer vereinheitlichten Theorie herleiten lassen. Hinzu kommt für ihn der Hinweis, daß Gesellschaften mit einem entsprechenden Wertesystem bessere Chancen der Entfaltung bieten. Immer wieder wird festgestellt, daß der Begriff des freien Willens einer anderen Kategorie angehört als die fundamentalen Gesetze der Wissenschaft. Wer versucht, menschliches Verhalten aus den Naturgesetzen abzuleiten, muß mit ähnlichen Paradoxa rechnen wie bei Zeitreisen. Die Voraussagen könnten nämlich verändern, was tatsächlich geschieht. So können Wahlprognosen das tatsächliche Wahlverhalten beeinflussen.

Tatsächlich dürfen wir nicht dabei stehenbleiben, das menschliche Gehirn als isoliertes neurobiologisches System im Sinn der Gehirnforschung zu verstehen. Diese Gehirne haben sich im Laufe ihrer Evolution und Geschichte ihre eigene soziokulturelle Umwelt geschaffen, mit der sie in komplexen Rückkoppelungen stehen. Unsere sozialen und moralischen Vorstellungen sind das Ergebnis dieses komplexen soziokulturellen Lernprozesses.

So ist Verantwortungsbewußtsein im modernen Sinn keineswegs von Anfang an in der Geschichte auszumachen. Das Überlebensinteresse und damit verbundene Verantwortungsvorstellungen galten zunächst nur dem einzelnen, seiner Sippe und Population. Die politische Ideengeschichte zeigt, wie lange es dauerte, bis wenigstens der Idee nach der Wert, die Freiheit und die Würde des Menschen unabhängig von den sozialen Vor- und Nachteilen seiner Geburt formuliert wurde. Ethische Normen sind aber nicht aus Evolutionsgesetzen ableitbar. Der Sozialdarwinismus bis hin zum Rassenwahn und der Ausrottung sogenannten unwerten Lebens zeigt, wohin uns pseudo-wissenschaftliche Legitimation aus der Evolution führen kann.

Die Achtung vor den Menschenrechten ist weder genetisch noch neurobiologisch oder soziobiologisch angeboren, sondern ein ethisches Postulat oder nach Hawking eine ‚operative Theorie' zur Regelung unseres Zusammenlebens. Allerdings können uns die Gesetze der Evolutions-, Neuro- und Soziobiologie über die Rahmenbedingungen und Entscheidungsspielräume unseres Handelns aufklären. Ihr Wissen kann uns sensibel machen für die komplexen und empfindlichen Gleichgewichte der Evolution, die jederzeit zusammenbrechen und chaotisch unvoraussehbare Entwicklungen nach sich ziehen können. Ihr Wissen kann uns sensibel machen für den sorgsamen Umgang mit den Ressourcen der Erde, ihrer Atmosphäre, den Arten und Tieren, die mit unserer eigenen Existenz verbunden sind. Ihr Wissen klärt uns aber immer nur über kausale Zusammenhänge auf – Entwicklungsgesetze der kosmischen, chemischen, präbiotischen, biologischen, neurologischen, soziobiologischen Evolution.

So nichtlinear und chaotisch die zwischenmenschlichen Beziehungen sein mögen, so gleichförmig, vorherbestimmt und voraussagbar scheint die Entwicklung im kosmischen Maßstab. Die neuesten Messungen der Materieverteilung zeigen, daß wir in einem nahezu flachen und expandierenden Universum leben. Nach dem entsprechenden Standardmodell wird das Universum daher unbegrenzt expandieren, aber bei gleichzeitiger Ausdünnung der Dichte von Materie und Energie. Spätestens wenn sich die Sonne zum Roten Riesen aufbläht, wird die Erde als Basis von Leben ausgelöscht. Auch die übrigen Sonnen und Galaxien werden einmal verglühen und zu Schwarzen Löchern implodieren, die schließlich verdampfen und zu ‚Asche' zerfallen. Dabei wird sich das Universum für alle (reellen) Zeiten in unbegrenzte Leere ausdehnen, in der alle Energieformen verschwinden. Leben, wie wir es kennen, setzt Kohlenstoff und Strahlungsenergie von Sternen voraus. Leben wird also in ferner Zukunft gezwungen sein, sich andere materielle Formen zu suchen. Auch genetisch veränderte Menschen würden sich nur kurzfristige Überlebenschancen ausrechnen können. Da menschliche Intelligenz, Bewußtsein und Persönlichkeit, soweit wir heute wissen, nicht an unsere Gehirne und organische Moleküle gebunden sind, werden computerähnliche Systeme denkbar, gegen die unsere Nachfahren ihre Körper austauschen.

Bereits Ende der 70er Jahre berechnete der amerikanische Physiker Freeman Dyson die Chancen für ein ‚ewiges' Leben der Menschen, die kosmische Katastrophen als empfindungsfähige interstellare Wolken überleben. Letztlich werden diese Lebensformen aber auch an Energie und Information gebunden sein. In einem expandierenden Universum, in dem die Energieöfen ausgehen, werden sich intelligente Lebensformen auf kosmische Jagd nach Energiebeute begeben müssen. Da Energiereservoirs bei wachsender Expansion nur noch über unvorstellbare kosmische Entfernungen zu finden sein werden, käme Hawkings Wurmlöchern als Abkürzungen in der Raum-Zeit erhebliche Bedeutung zu. Es handelt sich um die letzten denkbaren Endszenarien des Lebens im Universum. Selbst wenn es gelänge, Leben auf dem kleinstmöglichen Niveau der Quantenmechanik in Form von Quantenbits zu kodieren, bliebe am Ende eines in die Leere expandierenden Universums nur der Zerfall von Information, quasi der kosmische Alzheimer der langsamen Selbstauflösung. Das Universum vergißt uns und sich selbst.

Die kosmischen Prognosen im Großen vom Kollaps bis zur Expansion bieten also wenig Tröstliches für die Zukunft der Menschheit. Die Frage, ob alles vorherbestimmt sei, beantwortet Stephen Hawking eindeutig mit „Ja". „Doch", so fügt er hinzu, „sie [die Antwort] könnte genauso gut nein lauten, weil wir niemals wissen können, was vorherbestimmt ist." Dahinter steht die Einsicht in die besondere Struktur einer vereinheitlichten Theorie mit Unbestimmtheitsrelation, Nichtlinearität und Chaos. Sie eröffnet uns wenigstens ein kosmisches Fenster für Freiheit, Kreativität und Verantwortung. Wie allen düsteren Prognosen und Prophezeiungen zum Trotz ein erfülltes Leben möglich ist, hat Stephen Hawking mit seinem Leben gezeigt. Seine Kraft, sein Lebensmut und seine Lebenslust sind sicher eine ebenso wertvolle Botschaft wie seine Leistungen als Wissenschaftler.

Literaturhinweise zum Weiterlesen

Audretsch, J., Mainzer, K. (Hrsg.), Vom Anfang der Welt. Wissenschaft, Philosophie, Religion, Mythos, München ²1990

Audretsch, J., Mainzer, K. (Hrsg.), Philosophie und Physik der Raum-Zeit, Mannheim, Wien, Zürich ²1994

Audretsch, J., Mainzer, K. (Hrsg.), Wieviele Leben hat Schrödingers Katze? Zur Physik und Philosophie der Quantenmechanik, Heidelberg, Berlin, Oxford ²1996

Bennet, C. H., Quantum Information and Computation, Physics Today, October 1995, 24–30

Boslough, J., Masters of Time. Cosmology at the End of Innocence, Reading, Menlo-Park, New York 1992

Davies, P. C. W., Brown, J., Superstrings: A Theory of Everything? Cambridge 1988

Einstein, A., The Collected Papers of Albert Einstein, Princetown 1987

Fahr, H.-J., Universum ohne Urknall, Heidelberg, Berlin, Oxford 1995

Fang, L. Z., Ruffini, R. (Hrsg.), Quantum Cosmology, Singapur 1987

Ferguson, K., Stephen Hawking, Quest for a Theory of the Universe, New York 1991

Filkin, D., Stephen Hawking's Universe, London 1997

Fischer, E. P., Mainzer, K. (Hrsg.), Die Frage nach dem Leben, München, Zürich 1990

Fritzsch, H., Die verbogene Raum-Zeit. Newton, Einstein und die Gravitation, München 1996

Gibbons, G. W. (Hrsg.), The Very Early Universe, Cambridge 1983

Gibbons, G. W. (Hrsg.), Supersymmetry and its Applications: Superstrings, Anomalies, and Supergravity, Cambridge 1986

Gibbons, G. W. (Hrsg.), The Formation and Evolution of Cosmic Strings, Cambridge 1990

Green, M., Schwarz, J. H., Witten. E., Superstring Theory, vol. 1: Introduction, Cambridge 1988

Green, M., Schwarz, J. H., Witten, E., Superstring Theory, vol. 2: Loop Amplitudes Anomalies and Phenomenology, Cambridge 1988

Greene, B., The Elegant Universe: Superstrings, Hidden Dimensions, and the Quest for the Ultimate Theory, London 1999

Guth, A., Die Geburt des Kosmos aus dem Nichts. Die Theorie des inflationären Universums, München 1999

Hawking, S. W., The Large Scale Structure of Space-time, Cambridge 1979

Hawking, S. W., Israel, W. (Hrsg.), General Relativity: An Einstein Centenary, Cambridge 1979

Hawking, S. W., Is the End in Sight for Theoretical Physics? An Inaugural Lecture, Cambridge 1980

Hawking, S. W., Roček, M. (Hrsg.), Superspace and Supergravity, Cambridge 1981

Hawking, S. W., Israel, W. (Hrsg.), Three Hundred Years of Gravitation, Cambridge 1987

Hawking, S. W. (Hrsg.), A Brief History of Time: A Reader's Companion, New York 1992

Hawking, S. W., Black Holes and Baby Universes and Other Essays, New York 1993
Hawking, S. W., Hawking on the Big Bang and Black Holes, Singapur 1993
Hawking, S. W., Penrose, R., The Nature of Space and Time, New Jersey 1996
Hawking, S. W., A Brief History of Time: From the Big Bang to Black Holes, London 1998 (10th Anniversary Edition)

Kanitschneider, B., Kosmologie, Stuttgart 1991

Lorentz, H. A., Einstein, A., Minkowski, H., Das Relativitätsprinzip, Darmstadt [7]1974

Mainzer, K., Geschichte der Geometrie, Mannheim, Wien, Zürich 1980
Mainzer, K., Symmetrien der Natur, Berlin, New York 1988 (engl. Übers. 1996)
Mainzer, K., Schirmacher, W. (Hrsg.), Quanten, Chaos und Dämonen. Erkenntnistheoretische Aspekte der modernen Physik, Mannheim, Wien, Zürich 1994
Mainzer, K., Materie. Von der Urmaterie zum Leben, München 1996 (chines. Übers. 2000)
Mainzer, K., Gehirn, Computer, Komplexität, Berlin, Heidelberg, New York 1997
Mainzer, K., Thinking in Complexity. The Complex Dynamics of Matter, Mind and Mankind, Berlin, Heidelberg, New York [3]1997 (japan. Übers. 1997, chines. Übers. 1999)
Mainzer, K., Zeit. Von der Urzeit zur Computerzeit, München [3]1999
Mehra, J. (Hrsg.), The Physicist's Conception of Nature, Dordrecht 1973

Overleye, D., God's Turnstile: The Work of John Wheeler and Stephen Hawking, Mercury July/August 1991, 98–109

Peat, F. D., Superstrings, kosmische Fäden: Die Suche nach einer Theorie, die alles erklärt, Hamburg 1989
Penrose, R., Rindler, W., Spinors and Spacetime, vol. 1: Two-Spinor Calculus and Relativistic Fields, Cambridge 1984
Penrose, R., Rindler, W., Spinors and Spacetime, vol. 2: Spinor and Twistor Methods in Space-Time Geometry, Cambridge 1986

Saltzer, W., Eisenhardt, P. (Hrsg.), Die Erfindung des Universums? Neue Überlegungen zur philosophischen Kosmologie, Frankfurt a. M., Leipzig 1997
Strathern, P., Hawking & die Schwarzen Löcher, Frankfurt a. M. 1998

Weis, K. (Hrsg.), Was treibt die Zeit ?, München 1998
Weizsäcker, C. F. von, Aufbau der Physik, München, Wien 1985
Weizsäcker, C. F. von, Zeit und Wissen, München, Wien 1992
Weyl, H., Raum, Zeit, Materie. Vorlesungen über Allgemeine Relativitätstheorie, Berlin 1923, repr. Darmstadt 1961
Wheeler, J. A., Zurek, W. H. (Hrsg.), Quantum Theory and Measurement, Princeton 1983
White, M., Gribbins, J., Stephen Hawking: A Life in Science, London 1992

Medienhinweise zum Hören und Sehen

Hawking, S. W., Black Holes and Baby Universes and other Essays, Audiokassette 1993
Hawking, S. W., Jackson, M. (Reader), A Brief History of Time, Audiokassette 1988
Hawking, S.W., A Brief History of Time, DVD & Video 1992
Hawking, S.W., Jackson, M. (Reader), Stephen W. Hawking's Life Works: The Cambridge Lectures, Audiokassette 1994
Hawking, S. W., Wheeler, J. A., Ciufolini, J., Munitz, M. K., Thagard, P., Lopez-Morillas, J. (Reader), Theories of the Universe, Audiokassette 1996
Hawking, S. W., Einsteins Traum, 4 Audiokassetten / Audio-CDs 1994
Stephen Hawking's Universum, 6 Videokassetten 1998:
Sehen ist glauben
Big Bang: Am Anfang von Zeit und Raum
Kosmische Alchemie
Der Joker: Dunkle Materie
Schwarze Löcher und noch darüber hinaus
Eine Antwort auf Alles
Hawking, S. W., Eine kurze Geschichte der Zeit, 1 CD-ROM 1999
Hawking, S. W., Leben im Universum, 1 CD-ROM 1999

Index

Meisterdenker

Thomas Buchheim
Aristoteles
Band 4764

Niemand hat unser heutiges wissenschaftliches Denken so sehr geprägt wie Aristoteles.

Wilhelm Geerlings
Augustinus
Band 4765

Augustinus gilt vielen als der „erste moderne Mensch". Seine Grundgedanken werden im Zusammenhang seiner bewegten Biographie deutlich.

Vittorio Hösle / Christian Illies
Darwin
Band 4760

Darwin hat das Bild des Menschen von sich selbst, von der Weltordnung und vom Leben revolutioniert. Eine Einführung in Darwins Leben und Werk, die die bleibende Relevanz, aber auch die Grenzen seiner Ideen aufzeigt.

Tom Sorell
Descartes
Band 4756

Sein Satz „Ich denke, also bin ich" war epochemachend. Er gilt als Vater neuzeitlichen Denkens.

Klaus Fischer
Einstein
Band 4762

Mit seiner Relativitätstheorie hat er unser Weltbild revolutioniert. Stationen im Leben des großen Physikers und charismatischen Pazifisten und die Bedeutung seiner grundlegenden Einsichten.

Anthony Storr
Freud
Band 4737

„Wir alle »sprechen« Freud, ob korrekt oder nicht. Er ist und bleibt unvermeidlich" (Peter Gay).

Stillman Drake
Galilei
Band 4741

„Und sie bewegt sich doch", dieser Satz machte Galileo Galilei weltberühmt – und zum Ketzer.

Martin Gessmann
Hegel
Band 4763

„Was vernünftig ist, ist wirklich, und was wirklich ist, das ist vernünftig". Seine Denkmethode, die auch sehr komplexe Sachverhalte zu fassen vermag, bleibt aktuell bis heute.

Michael Inwood
Heidegger
Band 4736

Der einflußreichste deutsche Denker des 20. Jahrhunderts: Martin Heidegger hat die menschliche Existenz in der modernen technikbestimmten Welt grundlegend neu gedacht.

Richard Tuck
Hobbes
Band 4742

Überraschende Aspekte eines großen politischen Denkers – die spannende Einführung in das Leben eines der wichtigsten Philosophen der frühen Neuzeit.

Anthony Stevens
C. G. Jung
Band 4759

C. G. Jungs Tiefenpsychologie ist zum festen Bestandteil unseres Denkens über die menschliche Seele geworden. „Sehr gelungen und ausgewogen. Etwas vom Besten, was ich je von Jung in dieser Kürze gelesen habe" *(Verena Kast).*

Roger Scruton
Kant
Band 4738

Immanuel Kants Philosophie begründete eine neue Sicht des Menschen. Was Freiheit, Vernunft, Moral, was objektiv und wirklich ist – Kant bleibt die Schlüsselfigur modernen Denkens.

Ernstpeter Maurer
Luther
Band 4754

Martin Luther hat unser Verständnis von Freiheit, Vernunft, Gnade und Glauben bis heute geprägt und unsere Wirklichkeit nachhaltig verändert.

Iring Fetscher
Marx
Band 4728

Mit seinen Analysen und Visionen wurde Karl Marx zum Vordenker moderner Revolutionen. Seine Fragen zu Gesellschaft und Individuum, Ökonomie und Arbeit sind unverändert aktuell.

Michael Tanner
Nietzsche
Band 4740

Mit Sätzen wie „Gott ist tot" formulierte Friedrich Nietzsche einen Nihilismus, dessen Auswirkungen auf das 20. Jahrhundert immens waren. Ein „Erdbeben" seiner Epoche (Gottfried Benn).

Michael Bordt
Platon
Band 4761
Eine prägnante Einführung in Platons Ideen, in Hintergründe und Konsequenzen seines Denkens und eine kleine Einleitung ins Philosophieren überhaupt.

Robert Wokler
Rousseau
Band 4735
Jean-Jacques Rousseau – ein mächtiger Denker, Pädagoge und immer noch aktueller Gesellschaftskritiker.

Susanne Möbuß
Sartre
Band 4880
Möbuß erschließt das Hauptwerk „Das Sein und das Nichts" ebenso wie den denkerischen Gehalt von Sartres Werk im Kontext seines Lebens.

C. C. W. Taylor
Sokrates
Band 4743
Ohne Sokrates hätte sich das westliche Denken anders entwickelt.

Anthony Kenny
Thomas von Aquin
Band 4744
Thomas von Aquin hat die Stellung des Menschen in der Schöpfung neu bestimmt und Antike und Christentum in einer einzigartigen Synthese zusammengedacht.

A. C. Grayling
Wittgenstein
Band 4739
Wittgensteins originelles und faszinierendes Denken reichte weit über die Grenzen der Philosophie hinaus und machte weltweit Schule.